# 小学教材中的成语故事

主编：李生滨

编者：马 颖 高秉义 于 伟 李 洁 张 明 汪忠彭

迟丽娅 王大伟 段玉洁 田晶晶 李 楠 马晓丹

李玉翔 徐 敏 孙玲玉 关丽洁

大连理工大学出版社
DALIAN UNIVERSITY OF TECHNOLOGY PRESS

**图书在版编目 (CIP) 数据**

小学教材中的成语故事 / 李生滨主编 . —大连：
大连理工大学出版社，2013.3
ISBN 978-7-5611-7699-3

Ⅰ.①小… Ⅱ.①李… Ⅲ.①汉语－成语－故事－少
儿读物 Ⅳ.① H136.3-49

中国版本图书馆 CIP 数据核字 (2013) 第 044698 号

**大连理工大学出版社出版**

地址：大连市软件园路 80 号　　邮政编码：116023
发行：0411-84708842　邮购：0411-84703636　传真：0411-84701466
E-mail:dutp@dutp.cn　　URL:http://www.dutp.cn
大连金华光彩色印刷有限公司印刷　　大连理工大学出版社发行

幅面尺寸 :160mm×235mm　　印张：14.25　　字数：206 千字
2013 年 3 月第 1 版　　　　　　2013 年 3 月第 1 次印刷

责任编辑：曹　阳　　　　　　　　　　责任校对：志欣
封面设计：于丽娜

ISBN 978-7-5611-7699-3　　　　　　　　定　价：22.00 元

# 序

  成语是几千年来人们在生产生活中沿习下来的、凝聚成的精华。大量的成语是由历史故事和历史典故演绎而成,从某种程度上说,了解了一个成语,就等于了解了一个历史故事或一段精彩的历史。因而孩子们在学习成语知识的同时,又可以丰富孩子们的历史知识。同时还能懂得许多做人做事的道理。比如:我们学习闻鸡起舞这个成语的时候,不但了解了祖逖和刘琨天不亮就起来苦读的故事,而且还知道了想要成就事业,就要坚持不懈地努力这个道理;再比如:我们在学习螳螂捕蝉黄雀在后这一典故时,在理解了少年劝谏吴王的良苦用心的同时也明白了看问题要顾全大局,不能只顾眼前利益的道理。总之,通过成语及成语故事的学习,它既能激发我们的斗志,从而树立起远大的志向。同时又能在我们取得一点点成绩,要沾沾自喜时,它又告诫我们,要做到荣辱不惊、更上一层楼,当我们遇到困难和挫折时,它还能告诫我们:百折不挠、持之以恒……

  因此,我们说成语学习是小学语文学习中的一个重要内容之一,更是对中小学生进行生动、鲜活的德育教育的一个重要载体。

  正是基于以上两个方面的考虑,我们组织编者搜集了目前小学各册教科书中涉及的成语、并对成语进行了相应的解释、成语的各种应用、同时还进行了成语相关内容的延展，最后对成语对大家的启示进行了明确的阐述。希望它能够成为孩子们进行课外阅读，培养情操的得力助手。

编者

2012 年 5 月

# CONTENTS

# 目 录

# 001 画蛇添足

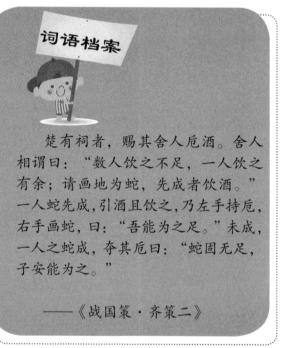

**词语档案**

楚有祠者，赐其舍人卮酒。舍人相谓曰："数人饮之不足，一人饮之有余；请画地为蛇，先成者饮酒。"一人蛇先成，引酒且饮之，乃左手持卮，右手画蛇，曰："吾能为之足。"未成，一人之蛇成，夺其卮曰："蛇固无足，子安能为之。"

——《战国策·齐策二》

古时候，楚国有一家人，在祭祀祖宗之后，便把祭祀用的一壶酒，赏给手下的办事人员喝。参加祭祀的人不少，这壶酒如果大家都喝是不够的，若是让一个人喝，那一定能喝个痛快。这一壶酒到底给谁喝呢？

这时有人建议：每个人在地上画一条蛇，谁画得又快又好，就把这壶酒给他喝。大家都认为这个办法好，都同意这样做。于是，大家在地上画起蛇来。

有个人画得很快，一转眼就画好了，他端起酒壶刚想喝。回头看看别人，其他人还没画好呢，心里想：他们画得真慢。于是，他想显示一下自己的本领，便左手提着酒壶，右手拿了一根树枝，给蛇画起脚来，还洋洋得意地说："你们画得好慢啊！我再给蛇画几只脚恐怕也比你们画得快！"

正在他一边画蛇脚，一边说话的时候，另外一个人已经画好了。

那个人马上把酒壶从他手里夺过去，说："你见过蛇吗？蛇是没有脚的，你为什么要给它添上脚呢？第一个画好蛇的人不是你，而是我！"

那个人说罢就仰起头来，咕咚咕咚地把酒喝下去了。

解　释：用来形容做多余的事不但无益，反而有害。

用　法：作谓语、定语、宾语。

造　句：这也是一个事实，任何人都不能画蛇添足。

近义词：多此一举

反义词：画龙点睛、恰到好处、恰如其分

成语笑话：画蛇添足，就是人为地"制造"畸形。

启　示

这个画蛇添足的人，不仅骄傲，而且愚蠢，以至于弄巧成拙，到口的酒反被别人喝了。喝不成酒事小，错误做法，给人们造成的混乱事大，不仅害人而且害己。这个故事的意义是深刻的，在现实生活中"画蛇添足"的教训，值得我们吸取。

# 002 画饼充饥

词语档案

选举莫取有名，名如画地作饼，不可啖也。

——《三国志·魏志·卢毓传》

三国时，魏国有个人叫卢毓。他十岁就成了孤儿，两个哥哥又先后去世了。他辛勤地劳作，靠微薄的收入养活着寡嫂和侄儿，日子过得很艰难。后来卢毓做了官。他为官清正，任职三年多，提了不少好建议，魏文帝很信任他，由于他为皇帝出了许多好主意，因此，受到朝廷的器重，升为侍中中书郎。

有一次，魏文帝对卢毓说："国家能不能得到有才能的人，关键就在你了。选拔人才，不要选那些有名声的，名气不过是在地上画的一个饼，是不能吃的。"卢毓回答说："名声不可能衡量一个人的才能，但是，可以发现一般的人才。那些修养高，行为好，而有名的人，我们是不应该歧视他们的。我认为要对他们进行考核，看他们是否真有才学。现在废除了考试，全靠名誉提升或降职，所以真伪难辨，虚实混淆。"

魏文帝采纳了卢毓的意见，下令制定考试法。

解　释：画个饼来解除饥饿。比喻用空想来安慰自己。

用　法：作主语、谓语、宾语。

造　句：由于没有钱买吃的东西，我只能画饼充饥了。

近义词：望梅止渴、无济于事

反义词：名副其实

成语对联：上联：心中有鬼目中无人；

　　　　　下联：画饼充饥望梅止渴

　　"画饼充饥"告诉我们凡事要有行动，光有想象没有实际行动是不能干成任何事的，更不能用欺骗的方法自欺欺人。有些人在现实生活中用画饼充饥的方法来安慰自己，相信面包会有的，一切都会有的。同学们应该知道如果你不为获得面包做出自己的努力，面包会从天下掉下来吗？因此，这种画饼充饥的做法是不可取的。

## 003 拔苗助长

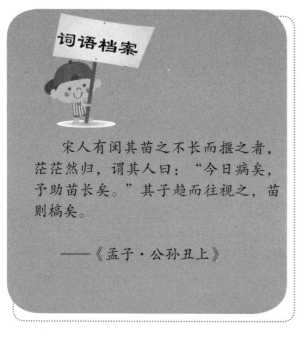

词语档案

宋人有闵其苗之不长而揠之者，茫茫然归，谓其人曰："今日病矣，予助苗长矣。"其子趋而往视之，苗则槁矣。

——《孟子·公孙丑上》

古时候宋国有个急性子的人，日夜盼望他家稻田里的禾苗快些长大，快点成熟。他看到自己家田里的禾苗长得太慢，心里很着急，于是就天天到田边去看。一天、两天、三天，禾苗好像一点儿也没有长高。他在田边焦急地转来转去，自言自语地说："我得想办法帮助它们快点长。"

有一天，他想出了一个帮助禾苗长高的方法：这个方法，使他异常兴奋，他早早地来到田地，把每棵禾苗都从土里拔高了一些。

"好累啊！还好这一天没白辛苦。田里的禾苗都长高了一些。"

当他疲惫不堪地回到家里时，对家里的人说："今天可把我累坏了！我一下子让禾苗长高了许多！"

他的儿子听他这么说，连忙跑到田里去看。糟糕得很，田里的禾苗个个都低垂着头，已经开始枯萎了。于是，生气地说："禾苗是要慢慢长的，不能像他想的那样长得那么快。"

解　释：比喻违反事物发展的客观规律，急于求成。

用　法：作谓语、宾语、定语。

造　句：他还是个孩子呀，可别拔苗助长哟！

近义词：揠苗助长、急功近利

反义词：循序渐进

歇后语：拔苗助长——急于求成

 启　示

　　"拔苗助长"是人们常用的一个成语，告诉我们自然界和人类社会都有它们发展、变化的客观规律。这些规律不以人们的意志为转移。人们只能认识它、利用它，不能违背它，改变它。违反了客观规律，光凭自己的主观意愿去办事，尽管用心是好的，其结果必然碰壁，把事情办坏。我们应该以此为戒。

**004 井底之蛙**

词语档案

"井蛙不可以语于海者，拘于虚也。"

——《庄子·秋水》

有一只青蛙长年住在一口枯井里。

有一天，它吃饱了，蹲在井栏上闲得无聊，忽然看见不远处有一只大海龟在散步。青蛙赶紧扯开嗓门喊了起来："喂，海龟兄，请过来！"海龟爬到枯井边。青蛙立刻打开了话匣子："今天我请你参观一下我的居室吧。你大概从来也没见过这样宽敞的住所吧？"

海龟探头往井里瞅瞅，只见井底积了一汪长满绿苔的泥水，还闻到一股扑鼻的臭味，海龟皱了皱眉头。青蛙继续吹嘘："住在这儿，舒服极了！傍晚可以跳到井栏上乘凉；深夜可以钻到井壁的窟窿里睡觉；泡在水里，可以游泳；跳到泥里，可以打滚。那些小虫子哪一个能比得上我呢！"青蛙唾沫星儿四溅，越说越得意："瞧，这口井，都属于我一个人，我爱怎么样就怎么样。"

海龟问青蛙："你听说过大海吗？"青蛙摇摆头。海龟说："大海茫茫一片，无边无际。用千里不能形容它的辽阔，用万丈不能说明它的深度。青蛙弟，我就生活在大海中。比起你这一眼枯井，哪个天地更开阔，哪个乐趣更大呢？"青蛙一听傻了，鼓着眼睛，半天合不拢嘴。

解　　释：井底的蛙只能看到井口那么大的一块天。比喻见识狭窄的人。

用　　法：偏正式；作主语、宾语、定语。

造　　句：有些人像井底之蛙一样，却还要装出很有学问的样子。

近义词：一孔之见、坐井观天

反义词：见多识广

谜　　语：甘做井底之蛙（打一四字礼貌用语）

这则寓言告诫人们，千万不要因一孔之见，便洋洋自得；不要因一得之功，而沾沾自喜。如果一个人把自己看到的一个角落当做整个世界，把自己知道的一点点知识看做人类全部文化的话，那他就会跟枯井里的青蛙一样，成为孤陋寡闻、夜郎自大和安于现状的人。

谜底：久仰大名

井底之蛙

**005**

# 闻鸡起舞

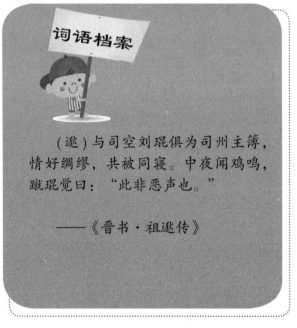

词语档案

(逖)与司空刘琨俱为司州主簿，情好绸缪，共被同寝。中夜闻鸡鸣，蹴琨觉曰："此非恶声也。"

——《晋书·祖逖传》

晋朝的时候，有位青年名叫祖逖，他有一个极好的朋友名叫刘琨。两人平时同住一室，互相鼓励，刻苦学习，努力研究学问，将来有机会好为国家效劳。

一天凌晨，大地一片沉静，突然响起了一阵鸡鸣声，祖逖被惊醒了，把刘琨轻轻叫醒："你听，鸡啼的声音多清脆悦耳，它引吭高歌，不是要唤醒有为的青年发愤图强吗？别人都说半夜听见鸡叫不吉利，我偏不这样想，咱们干脆以后听见鸡叫就起床读书吧！"

"是呀！我们不能贪睡了！"刘琨也跟着披衣下床。

两人走到院子里，感到阵阵寒意，战栗得安不下心来读书："我们舞剑吧，舞剑既可以锻炼身体，又可借以取暖！"祖逖这样提议道，于是两个人就在曙光将露前舞起剑来。越舞越有精神，越舞越有气力，直到东方既白为止。

他们就这样，每天听到鸡叫就起床舞剑，春去冬来，寒来暑往，从不间断。

解　释：听到鸡叫就起来舞剑，后比喻有志报国的人及时 奋起。

用　法：作谓语、定语。

造　句：如果我们在学习上能够闻鸡起舞，一定会取得好成绩。

近义词：孜孜不倦、废寝忘食、锲而不舍、持之以恒

反义词：苟且偷安、自暴自弃

谜　语：闻鸡起舞（打一成语）

　　祖逖和刘锟成功的事实告诉我们，想要成就事业，就要努力。不努力奋斗，就不可能成就事业。我们现在的学习也是一样，只有勤奋努力才能取得好的成绩，否则，就不会取得优异的成绩。"宝剑锋从磨砺出，梅花香自苦寒来"，讲的就是这个道理。愿大家以祖逖为榜样，在学习上来不得半点投机取巧。

谜底：鸡犬不宁

**006**

# 一诺千金

词语档案

得黄金百斤，不如得季布一诺。

——《史记·季布栾布列传》

秦朝末年，有一个叫季布的人，此人性情耿直，为人讲义气。只要他答应过的事情，无论有多大困难，他都要设法办到。

楚汉相争时，季布是项羽的部下，曾几次献策，让刘邦的军队吃了败仗，刘邦当了皇帝后，想起这事，就气恨不已，下令通缉季布。

大家都钦佩季布的为人，都在暗中帮助他。季布化妆后到一家姓朱的人家当佣工。朱家明知他是季布，仍收留了他，后来，朱家又找刘邦的老朋友替季布说情。刘邦在朋友的劝说下撤消了对季布的通缉令，还封季布做了官。

季布有一个同乡叫曹邱生，专爱结交有权势的官员，听说季布做了大官，他就去见季布。见了季布又是打躬，又是作揖，并吹捧说："楚地到处流传着'得黄金千两，不如得季布一诺'的话，您怎么能有这样好的名声呢？我们既是同乡，我又到处宣传你的好名声，你为什么不愿意见我呢？"季布听了曹邱生的话，心里顿时高兴起来，把他当作贵客招待，还送给他一笔厚礼。

后来，曹邱生继续替季布到处宣扬，季布的名声也就越来越大了。

解　释："诺"，许诺，诺言。一句许诺就价值千金。比喻说话算数，讲信用。

用　法：偏正式；作谓语。

造　句：人应该言而有信，做到一诺千斤。

近义词：一言九鼎、一字千钧、一言为定、金口玉言

反义词：言而无信

谜　语：最贵的承诺。

诚信是一个人立身社会，得到社会承认不可缺少的品质。是一个人高尚人格的体现。

一个人诚实守信，自然就会得道多助，能够得到大家的尊重。反之，如果失信于朋友，表面上得到了一点点小利益，但却因此毁了自己的声誉，从长远来看是得不偿失的。失信于朋友，无异于丢掉西瓜捡了芝麻。季布的一诺千斤就是很好的明证。

谜底：一诺千金

# 约法三章

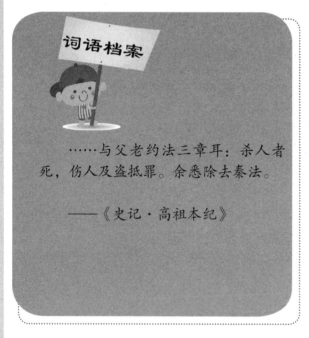

**词语档案**

……与父老约法三章耳：杀人者死，伤人及盗抵罪。余悉除去秦法。

——《史记·高祖本纪》

公元前206年，刘邦率领大军攻打关中，子婴在当了46天的秦王后，向刘邦投降。

刘邦进入咸阳后，本想住在豪华的王宫里，但他的心腹樊哙和张良告诫他不要这样做，以免失去人心。刘邦接受他们的建议，下令封锁王宫，并留下少数士兵保护王宫和藏有大量财宝的库房，随即返回霸上。

为了取得民心，刘邦把关中各县的父老、豪杰召集起来，郑重地向他们宣布道："秦朝的严刑苛法，把众位害苦了，应该全部废除。现在我和大家约定，无论是谁，都要遵守三条法令。这三条是：杀人者要处死，伤人者要抵罪，盗窃者要判罪！"父老、豪杰们都表示拥护约法三章。

接着，刘邦又派出大批人员，到各县各乡去宣传约法三章。百姓们听了，都热烈拥护，纷纷宰杀牛羊来慰劳刘邦的军队。由于坚决执行了约法三章，刘邦得到了百姓的信任、拥护和支持，最后取得天下，建立了西汉王朝。

解　释："约"，协商，议定；"章"，条目。临时议定三条法令；
　　　　比喻以语言或文字规定出几条共同遵守的条款。

用　法：作谓语、宾语。

造　句：妈妈和小林约法三章，小林按照约定去做。

反义词：胡作非为、为所欲为

含"三"的成语：一日三省、一问三不知、一波三折
　　　　　　　五大三粗、退避三舍、举一反三

启　示

　　刘邦之所以能够建立西汉王朝，与约法三章
有很大的关系。由于他针对秦末民心大乱的现实，
在夺取政权之初，便坚决地执行约法三章，得到
了百姓的信任、拥护和支持，获得了民心。正所
谓"得民心者得天下"。刘邦的约法三章对我们
现今也有着重大意义，在生活中人们要按照一定
的规距行事，违反了规距必将受到惩罚。

**008**

# 韦编三绝

词语档案

读《易》，韦编三绝。

——《史记·孔子世家》

春秋时的书，主要是以竹子为材料制成的，把竹子破成一根根竹签，称为"竹简"，用火烘干后在上面写字。竹简有一定的长度和宽度，一根竹简只能写一行字，一行字多则几十个，少则八九个。一部书要用许多竹简，这些竹简必须用牢固的熟牛皮绳子连起来才能阅读。像《易》这样的书，就是由许许多多竹简编连起来的，因此有相当的重量。

孔丘花了很大精力，把《易》全部读了一遍，基本上了解了它的内容。不久又读了第二遍，掌握了它的基本要点。接着，他又读了第三遍，对其中的精神、实质有了透彻的理解。在这以后，为了深入研究这部书，为了给弟子们进行详细的讲解，他不知翻阅了多少遍竹简。这样读来读去，把串连竹简的牛皮绳都磨断了，不得不多次换上新的再使用。

即使读书到了这种地步，孔子还谦虚地说："假如让我多活几年，我就可以完全掌握《易》的文与质了。"

解　释：韦编：用熟牛皮绳把竹简连接起来；三：概数，表示多次；

　　　　绝：断。连接竹简的皮绳断了三次，比喻读书勤奋。

用　法：作谓语、宾语。

造　句：我们提倡韦编三绝的读书精神，把知识学深学透。

近义词：三绝韦编

课外链接：由于古人无笔墨，于是就用竹签点漆，在竹简上写字，

　　　　　称为"竹简书"。因竹硬漆腻，书写不流利，写出字

　　　　　头粗尾细，象蝌蚪之形，故又叫"蝌蚪书"。

启　示

　　孔子年老时，回家乡编书和讲学，非常忙，但仍坚持学习。《周易》是一部最难懂的古书，年老的孔子决心要读懂它，弄通它。于是把几十斤重的《周易》抱回家去，一遍看不懂，再看第二遍，第三遍，因为读的遍数多了把连接竹简的牛皮绳子都磨断了多次。同学们，年老的孔子尚且如此勤奋好学，我们是不是应该效仿他的求知精神，努力学习呀！

009 开天辟地

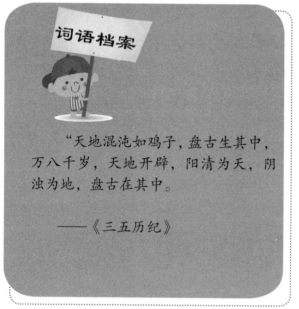

词语档案

"天地混沌如鸡子，盘古生其中，万八千岁，天地开辟，阳清为天，阴浊为地，盘古在其中。

——《三五历纪》

在天地开辟之前，宇宙是混混沌沌的一团，里面没有光，没有声音。这时候，盘古用大斧把这一团混沌劈开了。轻的气往上浮，就成了天；重的气往下沉，就成了地。

天地一分开，盘古觉得舒坦多了。他想站起来，然而天却重重地压在他的头上。最后，盘古就用手撑天，脚蹬地，努力地不让天压到地面上。这样日复一日，年复一年，高举双手向上托着天空，天升得越高，盘古的身躯就变得越长。就这样天地被他撑开了九万里。

而此时盘古却感到疲惫不堪。他仰视双手上方的天，俯视脚下深邃的大地。断定天地之间已经有了相当的距离，他可以躺下休息了。于是盘古躺了下来，睡着了。他在熟睡中死去了。盘古是被累死的，他开天辟地，耗尽了心血，流尽了汗水。在睡梦中他还想着：光有蓝天、大地不行，还得在天地间造个日月山川，人类万物。他想："把我的身体留给世间吧。"于是，盘古的头变成了东山，他的脚变成了西山，他的身躯变成了中山，他的左臂变成了南山，他的右臂变成了北山。

盘古的左眼，变成了太阳；右眼变成了月亮。他的头发和眉毛，变成了天上的星星。

他嘴里呼出来的气变成了春风、云雾。他的声音变成了雷霆闪电。他的肌肉变成了大地上的土壤，筋脉变成了道路。他的手足四肢，变成了高山峻岭，骨头牙齿变成了埋藏在地下的金银铜铁、玉石宝藏。他的血液变成了滚滚的江河，他的汗毛，变成了花草树木……

**解　　释**：盘古氏开辟天地，开始有人类的历史。后常比喻空前的，自古以来没有过的。

**用　　法**：作谓语、宾语。

**造　　句**：我们做了一件开天辟地的大事。

**近义词**：史无前例、亘古未有

**成语接龙**：地久天长—长生不老—老调重弹—弹丸之地—地广人稀—稀世之宝—宝刀不老—老当益壮

盘古开天现在一般指建立一个新世界或者开辟一番新事业，若想建立一番新事业就需要付出巨大的努力甚至是牺牲。从成语中我们可以猜想，如果没有盘古开天辟地的勇气，没有他的献身精神，就没有我们现在的世界万物。盘古的精神可歌可泣，是值得我们学习的。

## 010 夸父追日

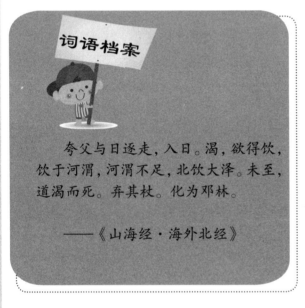

词语档案

夸父与日逐走，入日。渴，欲得饮，饮于河渭，河渭不足，北饮大泽。未至，道渴而死。弃其杖。化为邓林。

——《山海经·海外北经》

在遥远的北方，生活着一个叫夸父的巨人。北方冬季的夜晚寒冷而漫长。一天晚上，夸父被冻得睡不着觉，他突发奇想：要是可以追上太阳，让太阳在人间多停留一段时间，人间就会暖和多了。第二天，太阳刚从东方升起，夸父就迈开大步向着太阳升起的地方飞奔而去。

可是，太阳跑得太快了。一转眼，它已经跃上了枝头；再一转眼，它已经挂在了半空。夸父甩开大步，一路奔跑，太阳发出的火焰越来越热，几乎要把夸父烤干了。

夸父停下来，一口气喝光了黄河的水。可是他还是渴得要命。他又转过头，一口气喝光了渭河里的水，但他还是觉得有团火在燃烧。路边的老人看到了，对他说："年轻人，北方有一个很大的湖泊，那里的水取之不尽，用之不竭。"夸父便迈开大步向北方走去。也不知道走了多远，他太渴了，也太累了，再也坚持不住了。他回过头，深情地望了一眼温暖的太阳，用力把手杖扔了出去，不甘心地倒了下去。

夸父就这样死了，死在追逐太阳的路上。他死后，身体变成了一座连绵千里的山脉，他的手杖变成了一片桃林。

解　释：夸父：古代传说中的人。夸父拼命追赶太阳，比喻人

有大志，也比喻不自量力。

用　法：作宾语、定语。

造　句：在学习上，我们要发扬夸父追日的精神。

近义词：矢志不移、愚公移山、移山倒海

反义词：自不量力

谜　语：夸父追日（打一新词语）

"夸父追日"的故事，给人以丰富的想象，也给人以深刻的启迪。这个故事表现了夸父无比的英雄气概，反应了古代劳动人民探索自然的愿望，和对理想的不懈追求，我们作为一名学生，为了实现自己的理想，不断奋斗，应该用毕生的精力去追逐心中的梦想，拿出夸父逐日的劲头。与时间赛跑，只争朝夕。

谜底：争分夺秒

夸父追日

**011 精卫填海**

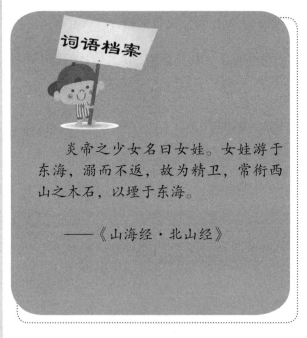

词语档案

炎帝之少女名曰女娃。女娃游于东海，溺而不返，故为精卫，常衔西山之木石，以堙于东海。

——《山海经·北山经》

炎帝有一个小女儿，叫女娃。炎帝视女娃为掌上明珠。女娃非常想到东海——太阳升起的地方，去看一看。可是因为父亲忙，总是不能带她去。这一天，女娃没告诉父亲，便一个人驾着一只小船向太阳升起的地方划去。不幸的是，海上突然起了狂风大浪，像山一样的海浪把女娃的小船打翻了，女娃不幸落入海中，被无情的大海吞没了。

女娃死了，她的精魂化作了一只小鸟，花脑袋，白嘴壳，红色的爪子，发出"精卫、精卫"的悲鸣，人们把此鸟叫做"精卫"。

精卫痛恨大海夺去了自己年轻的生命，她要报仇雪恨。因此，她一刻不停地从她住的山上衔小石子，一直飞到东海，想把大海填平。大海嘲笑她："小鸟儿，算了吧，你就是干一百万年，也休想把我填平！"精卫十分执着，答复大海："哪怕是干上一千万年，一亿年，干到宇宙的尽头，世界的末日，我终会把你填平的！"大海不解地问："你为什么这么恨我呢？""因为你夺去了我年轻的生命，你将来还会夺去许多年轻的无辜的生命。我要永无休止地干下去，总有一天会把你填成平地。"

解　释：精卫：古代神话中的鸟名。精卫衔来木石，决心填平大海。旧时比喻仇恨极深，立志报复。后比喻意志坚决，不畏艰难。

用　法：作宾语、定语。

造　句：在学习上，只要有精卫填海的精神，不论有多大的困难我们都能克服。

近义词：矢志不移、愚公移山、移山倒海

课外链接：猴子捞月精卫填海（打一成语）

精卫填海

读完"精卫填海"的故事，深深地被精卫鸟执着的精神所感动。精卫鸟之所以日复一日，年复一年地衔木石填海，就是因为她有着一个伟大的目标：要把东海填平。对于沧茫的大海来说，小小的精卫鸟力量太微薄了，可她却一直坚持着。我们在学习中也应该发扬这种精神，明确远大的目标，并坚持不懈地向着它每天迈进一步，尽管这一步是那样的微不足道，可只要一步一步地走下去，终究有一天能到达成功的彼岸！

答案：精卫填海

**012**

# 狐假虎威

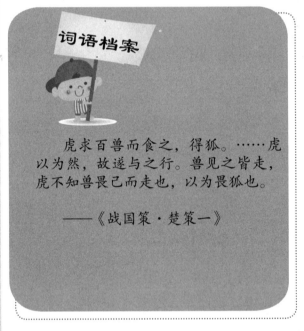

词语档案

虎求百兽而食之，得狐。……虎以为然，故遂与之行。兽见之皆走，虎不知兽畏己而走也，以为畏狐也。

——《战国策·楚策一》

从前有一只老虎，它肚子饿了，便跑到外面寻觅食物。当它走到一片茂密的森林时，忽然看到有一只狐狸正在散步。于是，便一跃身扑了过去，毫不费力地将它擒来。

当老虎张开嘴巴，准备把那只狐狸吃进肚子里的时候，狡猾的狐狸突然说话了："你不要以为自己是百兽之王，便敢把我吃掉；天地已经命令我为王中之王，无论谁吃了我，都将遭到天地极严厉的制裁与惩罚。"老虎听了狐狸的话，半信半疑，可是，当它看到狐狸那傲慢镇定的样子时，心里不觉一惊。原先那嚣张的气焰和盛气凌人的态势，竟不知何时已经消失了大半。这时，狐狸见老虎迟疑了，便神气十足地挺起胸膛，说："怎么，难道你不相信我说的话吗？那么你现在就跟我来，看看所有的动物见了我，是什么表情？"老虎觉得这个主意不错，便照着去做了。

于是，狐狸就大模大样地在前面开路，而老虎则小心翼翼地在后面跟着。当动物们发现走在狐狸后面的老虎时，不禁大惊失色，狂奔四散。老虎目睹了这种情形，不禁也有些心惊胆战，它并不知道野兽怕的是它自己呀！

解　释：假：借。狐狸假借老虎的威势。比喻依仗别人的势力欺压人。

用　法：作谓语、定语、宾语。

造　句：小狗看到主人在身边，马上狐假虎威地对大狗叫起来。

近义词：仗势欺人、狗仗人势

谜　语：狐假虎威尾巴翘（打一股市词语）

狐狸之计得逞了，可是它完全是假借老虎的威势，凭着一时有利的形势去威胁群兽，而那可怜的老虎被狐狸愚弄了，却还不自知！从这个故事中，我们知道，凡是藉着权威的势力欺压别人，或藉着职务上的便利作威作福的，都可以用"狐假虎威"来描述。同学们，你们可千万不要做狐假虎威的事情哟。

狐假虎威

谜底：上扬

## 013 专心致志

词语档案

今夫弈之为数，小数也，不专心致志，则不得也。

——《孟子·告子上》

古时候，有个闻名天下的棋手叫奕秋，他有两个学生，想把自己的棋艺传授给他们，培养出高徒来。

其中一个学生学习非常用心，奕秋讲解各种棋局时，他聚精会神，认真地听，因此棋艺大有长进，深得奕秋的喜爱。

另一个学生虽然也很聪明，每天也坐在那里听奕秋讲课，心却飞到了窗外。他想这时候如果有只天鹅飞过，我就把它射下来，美美地享受一顿该多好！想着想着，老师讲的内容，他只听进了很少一部分。

对两个学生的学习态度，奕秋看得很清楚，但他没说什么，等课讲完后，他让两个学生对下一局棋。

开局不久，便有了高下之分。认真听讲的那个学生从容不迫地下棋，进退自如；不用心听讲的那个学生则穷于应付。日子久了，两个人的棋艺相差得更悬殊了。

奕秋语重心长地对不用心听课的学生说：你和他同时学习，又不比他愚笨，你的棋艺却不如他，关键在于你学习时不用心，而他却能做到专心致志。

解　释：致：尽，极；志：意志。把心思全放在上面。形容一
　　　　心一意，聚精会神。

用　法：作谓语、定语、状语。

造　句：为了提高学习成绩，在听课时要努力做到专心致志。

近义词：聚精会神、专心一志、一心一意

反义词：心不在焉、心猿意马、魂不守舍

成语接龙：志士仁人－人定胜天－天末凉风－风趣横生－
　　　　　生财有道－道尽途穷－穷山恶水－水涨船高

启　示

　　棋坛高手弈秋的两个学生，一个学生专心致
志地学习，另一个则心不在焉。结果两个学生对
弈时，那个三心二意的学生只有招架之功没有还
手之力。由此，可以看出，学生专心学习的程度
不同，最后导致出现不同的结果。人内在的意念
是成功的关键，专注于每一件事情的过程，全神
贯注，你才会所向披靡。专心致志的重要性即在
于此。

# 014 刻舟求剑

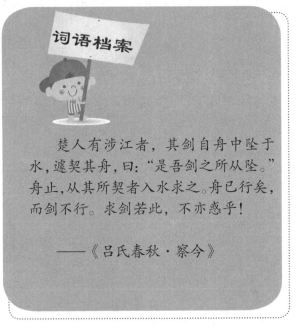

词语档案

楚人有涉江者，其剑自舟中坠于水，遽契其舟，曰："是吾剑之所从坠。"舟止，从其所契者入水求之。舟已行矣，而剑不行。求剑若此，不亦惑乎！

——《吕氏春秋·察今》

有一个楚国人出门远行。他在乘船过江的时候，一不小心，把随身带着的剑落到江中了。船上的人都大叫："剑掉进水里了！"

这个楚国人马上用小刀在船舷上刻了个记号，对大家说："这是我的剑掉下去的地方。"

众人疑惑不解地望着那个刀刻的印记。有人催促他说："快下水去找剑呀！"

楚国人说："慌什么，我做记号了。"

船继续前行，又有人催他说："再不下去找剑，船越走越远，剑就找不回来了。"

楚国人依旧自信地说："不急，不急，记号刻在那儿，剑就跑不了。"

直至船行到岸边停下来，这个楚国人才顺着他刻记号的地方跳下水中去找剑。可是，他怎么能找得到呢。掉进江里的剑是不会随着船行走的，而船舷上的记号却在不停地前进。楚国人用这个办法去找他的剑，不是太糊涂了吗？他在岸边的水中，白费了好大一阵工夫，结果毫无所获，还招来了众人的讥笑。

解　　释：比喻拘泥成法，不知变通。

用　　法：作谓语、定语、状语。

造　　句：如果在学习上采用刻舟求剑的方法，即使下了很大功夫也不会有成效的。

近义词：守株待兔、墨守成规、郑人买履。

反义词：见机行事、看风使舵

课外链接：刻舟求剑中的人为什么找不到剑？

参照物选错了，如果当时能把船停下来，那么参照物是对的；但船是行进的，参照物要选附近固定不动的物体。

这个故事告诉我们：世界上的事物，总是在不断地发展变化着，人们想问题、办事情时，都应当考虑到这种变化，适合于这种变化的需要。死守教条，拘泥成法，固执不知变通，对问题的解决不会有任何帮助。相反，如果时间、地点等发生了变化，解决问题的方法也应灵活地发生变化，这才是以变应万变的良策。

015 盲人摸象

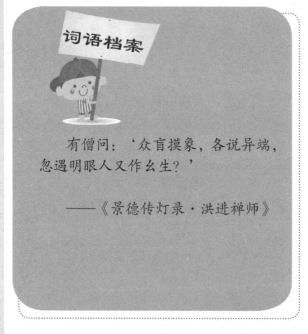

词语档案

有僧问：'众盲摸象，各说异端，忽遇明眼人又作幺生？'

——《景德传灯录·洪进禅师》

从前，印度有一位国王，一天，他看到一群盲人，就对身旁的大臣说："你去找一头大象来，让这群盲人'瞧一瞧'！"大臣听了，立刻找来一头大象。国王对盲人说："你们仔细地'瞧瞧'，它像什么？"

这群盲人因为眼睛看不到，只好纷纷伸出手来，慢慢地在大象的身上摸呀摸。

第一个盲人摸到的是象牙，就对国王说："大象就像一支又大又粗的萝卜。"第二个盲人摸到的是大象的耳朵，就回答说："不对！大象应该像一把扇子！"第三个盲人摸到大象的腿，笑着说："我看像一根大柱子！"第四个盲人摸到了大象的鼻子，就反驳说："大错特错！应该是一条大水管子才对！"第五个盲人摸到了大象的肚皮，他想了好久，很肯定地说："怎么会呢？其实大象应该像一个大鼓！"第六个盲人摸到大象的尾巴，就很得意地回答："别乱说了！大象既不像萝卜、扇子，更不像柱子、水管和大鼓，事实上，它只是一条细细的绳子！

这些盲人都坚持自己的看法，谁也不肯让谁，于是就吵了起来。

国王看了这情形，忍不住哈哈大笑，说："其实你们摸到的，都只是大象的一部分，怎么能当做整头大象呢？"

解　释：比喻看问题总是以点代面、以偏概全。

用　法：作宾语、定语。

造　句：我们看事物千万不能以偏概全，像盲人摸象一样。

近义词：管中窥豹、坐井观天

反义词：洞察一切

谜　语：盲人摸象（打一成语）

五位盲人分别摸到了大象的一部分，他们争论不休，却永远无法达成一致的意见。这个故事告诫我们看事情要全面、整体、不要把它们分割开来。要善于倾听别人的观点，这样才会把事情了解得更全面、更准确。同时这个故事也告诉我们：要学会与同伴合作、互相分享经验，这样才有助于认识的提高。

谜底：不识大体

**亡羊补牢**

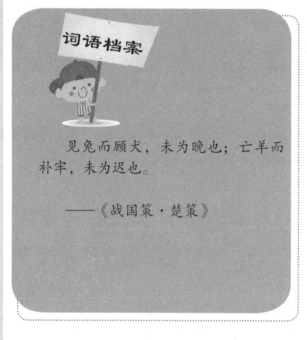

词语档案

见兔而顾犬，未为晚也；亡羊而补牢，未为迟也。

——《战国策·楚策》

从前，有人养了许多羊。一天早晨，他发现少了一只羊，仔细一查，原来羊圈破了一个大窟窿，夜里狼钻进来，把羊叼走了。邻居劝他说："赶快把羊圈修一修吧！"那个人回答说："羊已经丢了，还修羊圈干什么？"

第二天早上，他发现羊又少了一只。原来，狼又从窟窿钻了进来，叼走了一只羊。

于是赶快堵上窟窿，修好了羊圈。从此，狼再也不能钻进羊圈叼羊了。

战国时期，楚国的楚襄王即位后，重用奸臣，政治腐败，国家一天天衰亡下去。大臣庄辛看到这种情况，非常着急，劝襄王不要成天吃喝玩乐，不管国家大事；长此以往，楚国就要亡国了。

几个月后秦国派兵攻打楚国，攻陷了楚国的都城。楚襄王惶惶如丧家之犬，逃到城阳。这时，他想到庄辛的忠告，又悔又恨，便派人把庄辛迎请回来，说："过去因为我没听你的话，所以才会弄到这种地步，现在，你看还有办法挽救吗？"庄辛便借机给他讲了这个亡羊补牢的故事。

庄辛又给楚襄王分析了当时的形势，楚襄王听了，便遵照庄辛的话去做，果真度过了危机，振兴了楚国。

解　　释：　亡：逃亡，丢失；牢：关牲口的圈。羊丢失了再去修补羊圈，还不算晚。比喻出了问题以后想办法补救，可以防止继续遭受损失。

用　　法：　作主语、谓语、宾语。

近义词：　知错就改

反义词：　知错不改、一错再错

成语接龙：　亡羊补牢 – 牢不可破 – 破门而入 – 入不敷出 – 出入平安

　　"亡羊补牢"这个成语，告诉我们事情出现危机以后，如果赶紧去挽救，还不为迟。例如，一个人，因错误分析事情的发展状况，采取了错误的做法，陷入失败的境地。但他并不气馁，将事情仔细地分析一遍，从这次错误中吸取教训，继而改变自己的计划，就可谓"亡羊补牢"，并真不算晚呀！

**017**

# 鱼目混珠

词语档案

鱼目岂为珠？蓬蒿不成槚。

——《参同契》

从前有一个人叫满愿，他买了一颗大珍珠，非常珍爱，从来不肯给别人看一眼。

他的邻居有个叫寿量的人，非常妒忌满愿有颗大珍珠，更妒忌别人羡慕的眼神，他也很想有一颗大珍珠。

有一次寿量在路上发现一颗很大的鱼眼睛，便误以为是珍珠把它捡回家。然后到外面大肆宣扬他也有一颗珍珠，同样好好地收藏，不肯给人看，并且说："满愿的珍珠有什么稀罕，我也有一颗比他的还要大、还要好的珍珠！"

后来，两人同时得了一种病，医生诊视之后说，他俩得的是同样的病，都需要用珍珠的粉末入药。于是两人各自把自己收藏的珍珠取了出来。这时人们发现：满愿的是一颗真正的珍珠，而寿量取出的那颗所谓的'珍珠'却是鱼眼睛！于是大家都讽刺寿量："你真是鱼目混珠啊"！听了大家的话，羞得寿量满脸通红，恨不得地上有一个缝，他马上就钻进去。

解　释：混：搀杂，冒充。拿鱼眼睛冒充珍珠。比喻用假的冒充真的。

用　法：作谓语、定语、状语。

造　句：有不少商家在促销期间，用不合格的商品鱼目混珠。

近义词：以假乱真、冒名顶替、滥竽充数

反义词：黑白分明、泾渭分明、是非分明

成语接龙：珠联璧合 – 合情合理 – 理所应当 – 当机立断 –
　　　　　断章取义 – 义薄云天

鱼目混珠

为什么有的人能识别什么是珍珠、有的人却不能？这个成语启示我们要想辨别是珍珠还是鱼目，首先要有一双慧眼，其次要有一定的识别珍珠和鱼目的能力。可是这一能力从哪里来？这一能力来自于学习，来自于实践。只有你掌握了珍珠的相关知识，了解了珍珠，你才能识别真假珍珠。所以，学习是让你拥有一双慧眼的前提。

# 018 狡兔三窟

**词语档案**

狡兔有三窟，仅得兔其死耳。

——《战国策·齐策四》

春秋时，齐国有位名叫孟尝君的人，他非常喜欢与有识之士交朋友，总喜欢邀请这些人到家中长住。其中，有位叫冯谖的人，他常常一住就是很长时间，却什么事都不做，孟尝君虽然觉得很奇怪，但还是热情地招待冯谖。

有一次，冯谖替孟尝君到薛地去讨债，他不但没要回债，反而还把债卷烧了，薛地人都以为这是孟尝君的恩德，心里充满了感激。后来，孟尝君被齐王解除相国的职位，前往薛地定居，受到薛地人的热烈欢迎，孟尝君才知道冯谖的才能。一直到这时候，冯谖才对孟尝君说："通常聪明的兔子都有三个洞穴，才能在紧急的时候逃过猎人的追捕，而免除一死。你却只有一个藏身之处，我愿意再为你安排另外两个可以藏身之处。"于是冯谖去见梁惠王，他告诉梁惠王说，如果梁惠王能请到孟尝君帮他治理国家，那么梁国一定能够变得更强盛。于是梁惠王派人邀请孟尝君到梁国，准备让他担任要职。可是，梁国的使者一连来了三次，冯谖都叫孟尝君不要答应。梁国派人请孟尝君去治理梁国的消息传到齐王那里，齐王一急，就赶紧派人请孟尝君回齐国当相国。冯谖要孟尝君向齐王提出希望拥有齐国祖传祭器的要求，并且将它们放在薛地，同时兴建一座祠庙，以确保薛地的安全。祠庙建好后，冯谖对孟尝君说："现在属于你的三个安身之地都建好了，从此以后你就可以垫高枕头，安心地睡大觉了。"

解　释：狡猾的兔子有好几个藏身的窝。比喻隐蔽的地方或方法多。

用　法：主谓式；作谓语、宾语、定语。

造　句：中国足球要破釜沉舟不能狡兔三窟。

近义词：移花接木、掩人耳目

反义词：瓮中之鳖、坐以待毙

谜　语：狡兔三窟（打一字）

这个成语从积极方面理解是，多预备一些藏身之处或退路，便于逃避祸害，更好地保护自己。试想，假如兔子有且只有一个洞，一捕，它就无路可逃，毁了这个洞，它就无家可归，走上了绝路。这个成语同时也启示我们，凡事都要做多种准备，想问题，不能单从一个方面入手，要多想办法，多找解决问题的途径。

谜底：穷

## 嗟来之食

予唯不食嗟来之食，以至於斯也！

——《礼记·檀弓下》

战国时期，各诸侯国互相征战，老百姓生活在水深火热之中。

这一年，齐国大旱，一连三个月没下雨，田地干裂，庄稼全旱死了，穷人吃完了树叶吃树皮，吃完了草苗、吃草根，眼看着一个个都要饿死了。可是富人家里的粮仓却堆得满满的，他们照旧吃香的喝辣的。有一位名叫黔敖的富人在大路旁摆上一些食物，等着饿肚子的穷人经过，施舍给他们。

一天，一个饿得不成样子的人用袖子遮着脸，拖着一双破鞋，摇摇晃晃地走过来，黔敖看到后，便左手拿起食物，右手端起汤，傲慢地说道："喂！来吃吧！"那个饿汉抬起头轻蔑地瞪了他一眼，说道："我就是因为不吃这种'嗟来之食'才饿成这个样子的。" 黔敖也觉得自己做得有点过分，便向饿汉赔礼道歉，但那饿汉最终还是不肯吃而饿死于路旁。

解　释：指带有侮辱性的施舍。

用　法：偏正式；作主语、宾语、定语。

造　句：志士不饮盗泉之水，廉者不受嗟来之食。

近义词：盗泉之水、残羹冷炙

反义词：不为五斗米折腰

嗟来之食

"嗟来之食"讲的是一位有志气的灾民因为不吃别人施舍的粮食而饿死的故事。'嗟'本来是一个语气词，黔敖带有傲慢、嘲弄的做法，让人无法接受。所以，后世人用"嗟来之食"比喻带有侮辱性的施舍。有人可能不理解为什么要饿死，好死不如赖活着。留得青山在，不怕没柴烧。对此，我们要根据当时的社会道德标准来理解，来评价。

020

# 开卷有益

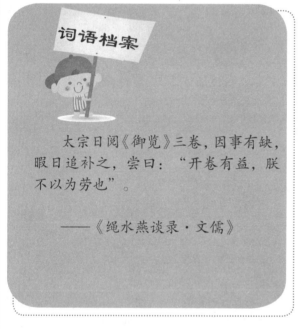

词语档案

太宗日阅《御览》三卷,因事有缺,暇日追补之,尝曰:"开卷有益,朕不以为劳也"。

——《绳水燕谈录·文儒》

宋太祖赵匡胤建立宋朝的时候,各地还存在着一些割据政权。统一全国的任务,直到他的弟弟赵光义当皇帝后才完成。

赵光义统一全国后,立志宏扬传统文化,下令整理各种古籍。同时,又重视各种古代文化资料的收集。下令编纂《太平广记》、《太平御览》和《文苑英华》三大类书,从而为保存和发扬我国的文化遗产,作出了重要的贡献。

《太平御览》中引用的古书,十之七八现在已经无法看到了。所以,又可以说它是北宋前文化知识的总汇。编成后,宋太宗对它非常重视,规定自己每天看三卷,一年后全部看完;因而改名为《太平御览》,意思是太平兴国年间皇帝亲自阅读的书。 宋太宗的政事非常繁忙,经常因处理其他事情而未能按计划阅读这部书,于是就在空暇的日子补读。侍臣怕他读书时间太久,影响身体健康,太宗说:"只要翻开书卷阅读,就会有收益,所以我不觉得疲劳。"

解　释：开卷就是翻开书，表示读书。比喻读书有好处。

一般多指读内容健康的书籍就会使人受益。

用　法：一般作宾语、定语、分句。

造　句：开卷有益的说法是正确的，我们提倡多读书，读好书。

近义词：广开言路　多多益善

反义词：读书无用

名人名言：读书破万卷，下笔如有神。——（唐代）杜甫

要知天下事，须读古人书。——（明代）冯梦龙

开卷有益，在乎用心。——（清）李蕊

 启　示

书籍是人类智慧的结晶，其中的知识是人类对以往生活经验的总结，观点是对以往生活经历的感悟。所以，人们从书本中学到了知识，丰富了能力，陶冶了情操，升华了感情，这正是开卷的益处。开卷者古来就有，有"五柳先生"那"不求甚解"地读；也有朱光潜"字字推敲，咬文嚼字"地读……开卷既是知识之源，又是古人之鉴，更是修养之法。

**021**

# 老马识途

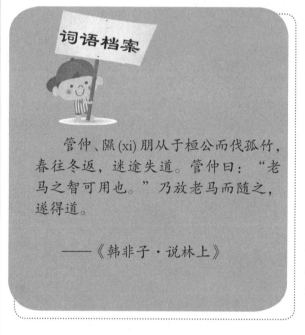

**词语档案**

管仲、隰(xī)朋从于桓公而伐孤竹，春往冬返，迷途失道。管仲曰："老马之智可用也。"乃放老马而随之，遂得道。

——《韩非子·说林上》

公元前663年，齐桓公应燕国的要求，出兵攻打入侵燕国的山戎，相国管仲和大夫隰朋随同前往。齐军是春天出征的，到凯旋而归时已是冬天，草木都变了样。大军在崇山峻岭的一个山谷里转来转去，最后迷路了，虽然派出几批人去探路，但仍然弄不清楚该从哪里走出山谷。

时间一长，军队的给养发生困难。情况非常危急，再找不到出路，大军就会困死在这里。管仲思索了好久，有了一个设想：既然狗离家很远也能找回家，那么军中的马尤其是老马，也应该有认识路途的本领。于是，他对齐桓公说："大王，我认为老马有认路的本领，可以利用它在前面领路，带引大军出山谷。"

齐桓公同意试试看。管仲立即挑出几匹老马，解开缰绳，让它们在大军的最前面自由行走。也真奇怪，这些老马毫不犹豫地朝着一个方向行进。大军紧跟着它们走，最后终于走出了山谷，找到了回齐国的路。

解　释：途：路。老马认识道路。比喻有经验的人熟悉情况，能在某个方面起指引的作用。

用　法：主谓式；作主语、谓语。

造　句：这次登山，幸好老王老马识途，才能顺利登上山顶。

近义词：识途老马、驾轻就熟、轻车熟路

反义词：不知所以、初出茅庐

谜　语：老马识途（打一成语）

启　示

比喻有经验的人熟悉情况，能在某个方面起指引、引导的作用。像管仲和隰朋一样平常注意生活中的一事一物，才能解决迷路和缺水的问题！假设管仲和隰朋没有日常生活的经验，那么，齐恒公以及大军就要坐困他方了。

在日常生活中，人们对这类经验很少关注认为它很渺小、不起眼。殊不知，这"经验"是需要日积月累的，需要有心人细心观察。

**022 凿壁偷光**

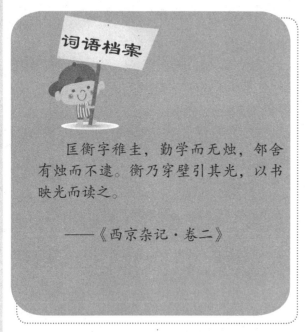

词语档案

匡衡字稚圭,勤学而无烛,邻舍有烛而不逮。衡乃穿壁引其光,以书映光而读之。

——《西京杂记·卷二》

西汉时,有个农民的孩子,叫匡衡。他小时候很想读书,可是因为家里穷,没钱上学。后来,他跟一个亲戚学认字,才有了看书的能力。

匡衡买不起书,只好借书来读。那时候,书是非常贵重的,有书的人不肯轻易借给别人。匡衡就在农忙的时节,给有钱的人家打短工,不要工钱,只求人家借书给他看。

过了几年,匡衡长大了,成了家里的主要劳动力。他一天到晚在地里干活,只有中午休息的时候,才有工夫看一点书,所以一卷书常常要十天半月才能读完。匡衡很着急,心里想,白天种庄稼,没有时间看书,可以多利用一些晚上的时间读书。可是匡衡家里穷,买不起点灯的油,怎么办呢?

有一天晚上,匡衡躺在床上背白天读过的书。背着背着,突然看到东边的墙壁上透过来一线亮光。他站起来,走到墙边一看,原来从壁缝里透过来的是邻居家的烛光。于是,匡衡想了一个办法,他拿了一把小刀，把墙缝挖大了一些。这样，透过来的光亮也大了，他就凑着透进来的灯光，读起书来。

解　释：原指西汉匡衡凿穿墙壁引邻居之烛光读书。后用来形容家贫而读书刻苦。

用　法：连动式；作谓语、定语、状语。

造　句：学习是很艰苦的，没有凿壁偷光，锲而不舍的精神是不行的。

近义词：囊虫映雪、穿壁引光、废寝忘食

反义词：不学无术

谜　语：凿壁偷光（打一古人名）

这一成语向我们展示了一个古代的孩子求知若渴，借着墙上透过来的别人家的烛光看书的故事。可能这一做法，对现代有着优越家庭环境的孩子来说指导意义不大，但是我们强调的是这种精神。这种没有学习条件，创造条件也要刻苦学习的精神，这种精神不能不令在优越的环境中尚不努力学习的孩子们反思。

谜底：孔明

## 023 雪中送碳

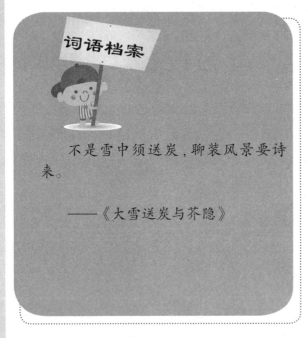

**词语档案**

不是雪中须送炭，聊装风景要诗来。

——《大雪送炭与芥隐》

战国时期，楚国下起了鹅毛大雪，屋顶、树上、路上都积满了厚厚的雪，人们连走路都很困难。天气阴沉，寒风刺骨。在皇宫里的楚怀王让仆人找出皮袄穿上，还是觉得很冷，他又让仆人点上炉火，仍然冷得直跺脚。仆人们不停地往炉子里加碳，但还是不能让房间暖和起来。尽管楚怀王穿着厚厚的龙袍，还烤着通红的炭火，还是觉得十分寒冷。于是他命人拿来美酒，想借酒驱寒。他边喝边想：我在皇宫里穿着皮袄，烤着炭火，还是如此冷。那些穷人们，吃不饱不说还没有厚衣服可以御寒，更没有炭火取暖，不知会冻成什么样子？我得想法子帮助他们。他沉思了一会儿，于是命令下属带上衣食和木炭去送给那些穷人。下属们马上准备好衣服、粮食和木炭，挨家挨户发放。只要是家里有困难的，没米没衣服的就给他们送去米和衣服；没有柴烧的给他们送去木炭，让他们烤火取暖。

看到皇帝如此为老百姓着想，穷人们全都非常感动，于是"雪中送炭"这个故事就流传下来。

解　释：在下雪天给人送炭取暖。比喻在别人急需时给以物质上或精神上的帮助。

用　法：作谓语、宾语、定语。

造　句：在我最困难的时候，他给予了我帮助，真是雪中送炭啊！

近义词：雪里送炭

反义词：落井下石、投井下石

谜　语：最及时的帮助（打一成语）

**启　示**

　　"雪中送碳"这一成语，体现了中国古代皇帝对平民百姓的关怀，在百姓最困难、最需要帮助的时候，他派人送去了食物和温暖。同学们从小就要培养自己的爱心和同情心，帮助那些有困难的人。经常反思一下自己的行为，你做得怎么样呢？你尽己所能帮助那些需要帮助的人了吗？

谜底：雪中送碳

024

班门弄斧

词语档案

操斧于班、郢之门，斯强颜耳。

——《王氏伯仲唱和诗序》

鲁班是春秋时期的鲁国人。他是一个善于制作精巧器具的木匠，民间把他奉为木匠的始祖。

有一天，一个年轻的木匠漫不经心地走到一个大红门的房子前，举起自己手里的斧子，说："我这把斧子，别看它不起眼，不管是什么木料，只要到了我的手里，用我的斧头这么一弄，就会做出漂亮无比的东西来。"

旁边的人听了，觉得他太吹嘘了，就指着身后的大红门说："小师傅，那你能做出比这扇还好的门吗？"年轻的木匠傲慢地说："不是我吹牛，告诉你们，我曾经当过鲁班的学生，难道还做不出这样一扇简单的门？简直是笑话。"

众人听了，忍不住大笑起来，说："这是鲁班先生的家，这扇就是他亲手做的，你真的能做出比这扇还好的门吗？"

那位年轻的木匠听了不好意思地跑掉了。

谁敢在鲁班门前卖弄使用斧子的技术，也就是说，想在大行家面前显示自己的本领，这种不谦虚的可笑行为，就叫做"班门弄斧"。

解　　释：班：鲁班，春秋时期鲁国人，著名的木匠。在鲁班门前舞

弄斧子。比喻在行家面前卖弄本领，不自量力。

用　　法：偏正式；作谓语、定语、状语、宾语。

造　　句：你在专家面前这样做无异于班门弄斧。

近义词：东施效颦、贻笑大方

反义词：虚怀若谷、自知之明

歇后语：木匠修教室——老师傅面前显本领。

启　示

　　班门弄斧意思是在大师门前玩弄大斧，不自量力。可是，如果怀特兄弟不在鸟儿面前"弄斧"，发明了飞机，又经过后人的创新，人类怎么能得以升入太空？如果陈景润不在一代大师华罗庚门前"弄斧"，他能成功吗？许多当代的大作家不正是在鲁迅门前"弄斧"，才写出了一流的文章吗？正是因为他们有这种"班门弄斧"的精神，才有了创新。

## 025 得过且过

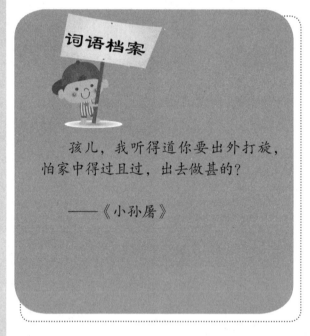

**词语档案**

孩儿，我听得道你要出外打旋，怕家中得过且过，出去做甚的？

——《小孙屠》

很久以前，世上有一种既能飞又十分漂亮的鸟，这种鸟就是寒号鸟。它是一种很骄傲、自满的鸟。它觉得自己太漂亮了，任何鸟都不能跟自己相媲美。认为整天飞来飞去，天空中的尘土会弄脏自己的羽毛，于是做出一个决定，以后不再飞翔。

久而久之，它的翅膀逐渐退化了，寒号鸟生活在森林里，夏季是它最快乐的日子。因为一到夏季，森林中树木茂盛，树阴遍地，树林里非常凉快。虫子也多，寒号鸟的食物非常丰盛。寒号鸟的羽毛在这个时候也是最漂亮的。所以一到这个时候，寒号鸟就很高傲。冬天来的时候，寒号鸟再也骄傲不起来了。在夏天，别的鸟儿忙着筑巢搭窝，储备冬天食物的时候。它没有筑巢，也没有储备食物。所以，它没有东西吃，也没有地方睡。

每到夜晚寒风吹起，寒号鸟无处可躲，只是凄惨地唱："今夜冻死我，明天就搭窝。"但是，等到第二天，太阳出来了，寒号鸟就把筑巢搭窝的事忘得干干净净了，悠闲地唱着："得过且过，得过且过！"后来，天气更冷了，寒号鸟还是没有地方躲藏，终于被冻死了。

**解　　释**：且：暂且。只要能够过得去，就这样过下去。形容胸无大志。

**用　　法**：连动式；作谓语、定语、状语。

**造　　句**：我不能再像以前那样得过且过，得珍惜每一分每一秒。

**近义词**：马马虎虎、苟且偷生、听天由命、敷衍了事

**反义词**：力争上游、精益求精、一丝不苟

**歇后语**：做一天和尚撞一天钟——得过且过

　　　　　懒鸟不搭窝——得过且过

　　　　　自行车下田坎——得过且过

　　　　　寒号鸟晒太阳——得过且过

启　示

　　寒号鸟对待垒巢的态度和被冻死的结局，说明好逸恶劳、得过且过是没有好结果的。我们可千万不要学习寒号鸟呀！在学习上做到"今日事，今日毕"，绝不拖到第二天。当一些对自己要求不严格的同学抱着过一天算一天的态度混日子，学习马马虎虎，敷衍了事的时候，要想一想寒号鸟的悲惨结局，时常提醒自己，不能重蹈寒号鸟的覆辙。

## 过门不入

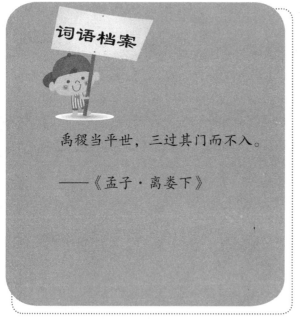

**词语档案**

禹稷当平世，三过其门而不入。

——《孟子·离娄下》

上古时代，曾出现过一次大洪水，长达20多年，受灾面积很大。

当时正是舜当政期间，他派因治水无力而被处死的鲧的儿子禹去治水。禹吸取了其父亲治水失败的教训，采用疏通的方法，依地形规划水道，引洪水入河、入海，终于治理了洪水。

禹到了30多岁还没结婚，遇到一个名叫女娇的姑娘，两人十分相爱，便成了亲。可婚后四天禹就去治水了。

在治水的13年中，禹曾三次经过自己的家门，一次孩子在襁褓中哭，他路过家门口时，非常想进屋哄哄啼哭的孩子，可一想到肩负的使命，心一狠走了。另一次是孩子刚学会喊爸爸，他多想亲耳听一听孩子叫他一声爸爸呀，可一想到时间紧，便硬着心肠走了。最后一次孩子已长大，日夜期盼着禹能留在家中享受天伦之乐，可禹重任在身，他又一无返顾地越门而过去治水了。

解　释：过：路过；入：进入。路过家门却不进去。形容恪尽职守，公而忘私。

用　法：作谓语、定语。

造　句：他最近忙于公事，与家门相距咫尺，竟过门不入！

近义词：公而忘私

反义词：假公济私

含有"不入"的成语：刀枪不入、格格不入、过门不入、龃龉不入、篱牢犬不入、水浆不入、危邦不入、无孔不入

启 示

禹为了治水，几次到过家乡，曾经三次经过自己的家门，还听到孩子正在家里哇哇地哭，可是都没有时间进去看看。禹说："时间宝贵，即使是短短的一寸光阴，也要爱惜！"禹三过家门而不入，一直被人们所传颂。这种公而忘私的精神，值得我们学习。

027

# 天衣无缝

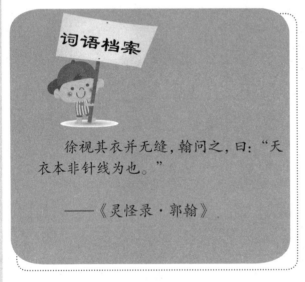

词语档案

徐视其衣并无缝，翰问之，曰："天衣本非针线为也。"

——《灵怪录·郭翰》

古时候，有个叫郭翰的书生，他能诗善画。盛夏的一个夜晚，他在树下乘凉，这时，一位长得异常美丽的仙女含笑站在郭翰面前。

郭翰很有礼貌地问："小姐，您是谁？从哪来？"

仙女说："我是织女，从天上来。" 郭翰问："你从天上来，能谈谈天上的事情吗？" 仙女说："你让我从哪说起呀？" 郭翰说："你就随便说说吧。" 仙女说："天上四季如春，夏无酷暑，冬无严寒；绿树常青，花开不谢。枝头百鸟合鸣，水中游鱼可见。没有疾病，没有战争，没有赋税，总之，人间的一切苦难天上都没有。" 郭翰问："天上那么好，你为什么还跑到人间来呢？" 仙女说："在天上呆久了，难免有些寂寞，偶尔到人间玩玩。" 郭翰又问："听说有一种药，人吃了可以长生不老，你知道哪有吗？"仙女说："这种药人间没有，天上到处都是。"郭翰说："既然天上多得很，你该带点下来，让人们尝尝多好呀。" 仙女说："天上的东西，带到人间就失去了灵气。不然早让秦始皇、汉武帝吃了。"郭翰说："你说你来自天上，用什么证明你不是说谎呢？" 仙女让郭翰看看她穿的衣服。郭翰仔细看完，奇怪的是仙女的衣服没缝。仙女说："天衣无缝，你连这个都不懂，还称什么才子，我看你是个十足的大傻瓜。" 郭翰听完，哈哈大笑，再一瞧，仙女不见了。

解　　释：神话传说，仙女的衣服没有衣缝。比喻事物周密完善，找不出什么毛病。

用　　法：作谓语、状语、定语。

造　　句：他说谎，情节编得简直就是天衣无缝。

近义词：完美无缺、浑然一体

反义词：千疮百孔、漏洞百出

谜　　语：天衣无缝（打一生肖）

启 示

　　"天衣无缝"这一成语，表达了人们对做事情追求完美的态度及心理。有的人做事情的时候追求尽善尽美，这是一个理想的状态，但是我们应该知道，尽善尽美也是相对的，不存在绝对的东西。所以，我们应该抱着一种追求完美的态度，全力争取理想的结果。

谜底：牛

## 028 惊弓之鸟

词语档案

黩武之众易动，惊弓之鸟难安。

——《战国策·楚策四》

战国时期，有个杰出的弓箭手，叫更赢。他的射箭本领在当时称得上是举世无双。

有一天，他和魏王并肩站着，天空中忽然飞过一群雁。更赢很自信地对魏王说："我可以用弓声就把雁给打下来。"魏王用怀疑的眼光看着他。正在这时，一只孤雁很低很慢地飞过。鸣声凄惨。更赢见了，就张着弓，扣着弦，砰的一声，那孤雁果然应声落地。

魏王见此大吃一惊，惊叹之余，不明白是怎么回事。更赢解释说："那孤雁飞得低且慢，因为它已经受伤了；它鸣叫的声音悲而哀，因为它离了群。身伤心碎，使它心跳加速，两翼无力，身体失去平衡，和人们吃饭时，突然听见雷声，筷子落地的情况一样。"

这就是"惊弓之鸟"这个成语的由来，形容先前多次受过惊吓的人，忽然遇到同样可怕的事物，就吓得魂飞魄散，惊惶失措，不知如何去应付新的环境。

解　释：被弓箭吓怕了的鸟不容易安定。比喻经过惊吓的人碰到一点动静就非常害怕。

用　法：作主语、宾语。

造　句：在公安部门的追捕下，坏人如惊弓之鸟到处躲藏。

近义词：伤弓之鸟、漏网之鱼

反义词：初生牛犊

含鸟字的成语：笨鸟先飞、笼中之鸟、一石二鸟、小鸟依人、鸟语花香、鸟为食亡

启　示

　　现在常用"惊弓之鸟"这一成语来形容受过惊吓，遇到类似情况就惶恐不安的人。成语中的鸟之所以会掉下来，与它所受的惊吓以及身上的伤有很大关系。这也启示我们在现实生活中不管遇到什么情况，都不能像那只鸟一样慌张，一定要冷静、沉着地面对现实。只有健康快乐的大雁才可以飞得更远，飞得更高！

**029 囫囵吞枣**

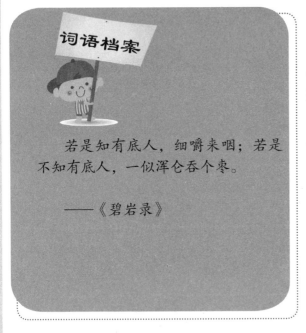

词语档案

若是知有底人，细嚼来咽；若是不知有底人，一似浑仑吞个枣。

——《碧岩录》

传说古时候，有一个医生向人们介绍梨和枣的功用时说："梨子对人的牙齿有益，但吃多了对人的脾胃有害；枣正好相反，它对人的脾胃有好处，吃多了却对人的牙齿有害处。"一个自作聪明的人听后，想出一个两全其美的办法，他说："我有个好法子，既可以吸收梨和枣的好处，又可以避免害处。

医生听了很感兴趣，问道："是什么好办法呢？"这个人自以为是，慢吞吞地答道："那就是我吃梨的时候，只用牙齿咀嚼，却不咽到肚子里去，这样可以使梨对牙齿有益，而免伤脾胃；等到吃枣的时候，我不用牙齿咬，而是一口吞下去，这不是可以让枣对脾胃有益，而免得它伤害牙齿吗？"

医生听了这话，打趣地说："你吃梨不咽，肠胃没有吸收，怎么能有益于牙齿呢？你吃枣一个一个地囫囵吞下去而不咀嚼，肠胃同样不能消化和吸收，又怎能对脾胃有好处呢？"

解　释：囫囵：整个儿。把枣整个咽下去，不加咀嚼，不辨滋味。

比喻对事物不加分析和思考。

用　法：作谓语、宾语、状语。

造　句：读书要善于思考，不能囫囵吞枣，不求甚解。

近义词：不求甚解、生吞活剥

反义词：细嚼慢咽、融会贯通

谜　语：囫囵吞枣（打一成语）

启　示

　　"囫囵"是整个的意思。把整个枣吞下去，不加咀嚼，不辨滋味，就叫"囫囵吞枣"。这个成语比喻看书、学习不求消化理解，死记硬背，生搬硬套。在生活和学习中，无论遇到什么事情，都要动脑筋去思考，这样才能明白其中的道理，学习的知识才能灵活掌握，并能在实际生活中加以运用。

（谜底：不求甚解）

030 买椟还珠

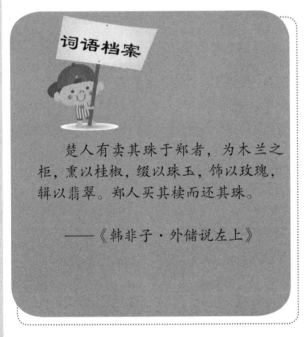

词语档案

楚人有卖其珠于郑者，为木兰之柜，熏以桂椒，缀以珠玉，饰以玫瑰，辑以翡翠。郑人买其椟而还其珠。

——《韩非子·外储说左上》

一个楚国人，他有一颗漂亮的珍珠，他打算把这颗珍珠卖出去。为了卖个好价钱，他想将珍珠好好包装一下。

于是，这个楚国人找来名贵的木材，又请来手艺高超的匠人，为珍珠做了一个盒子，用香料把盒子熏得香气扑鼻。然后，在盒子外面精雕细刻了许多好看的花纹，还镶上了漂亮的金属花边，这时，他才将珍珠小心翼翼地放进盒子里，拿到市场上去卖。

在市场上，很多人都围过来欣赏楚人的盒子。一个郑国人将盒子拿在手里看了半天，爱不释手，终于出高价将楚人的盒子买了下来。郑人交过钱后，便拿着盒子走了。没走几步他又回来了。郑人走到楚人跟前，把珍珠取出来交给楚人说："先生，您将一颗珍珠忘在盒子里了。"然后低着头继续欣赏着木盒子而离去。

楚人拿着被退回的珍珠，十分尴尬地站在那里。他原以为别人会欣赏他的珍珠，可是没想到精美的外包装超过了包装盒内珍珠的价值，以致于"喧宾夺主"，郑人的举动令楚人哭笑不得。

解　释：椟：木匣；珠：珍珠。买下木匣，退还了珍珠。比喻没有眼力，取舍不当。

用　法：连动式；作谓语、宾语、定语。

造　句：学习上我们要有主次之分，千万不能买椟还珠。

近义词：舍本逐末、本末倒置、反裘负薪

反义词：去粗取精

启　示

　　郑人只重外表而不顾实质，使他做出了舍本逐末的举动；而楚人的"过分包装"也让人十分可笑。简单地说就是要芝麻不要西瓜。这个成语从另一个角度说明了做什么事都要分清主次，否则就会像这位"买椟还珠"的郑人一样做出舍本逐末、取舍不当的傻事。现在一些人办事情只注重形式，而不重视内容；注重执行，而不重视结果；注重程序，而不重视事实。这就是"买椟还珠"的现实版。

# 031

## 叶公好龙

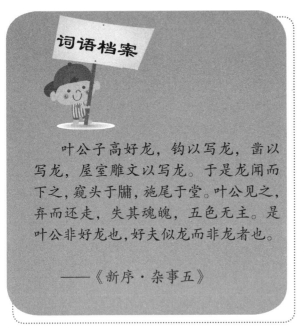

### 词语档案

叶公子高好龙，钩以写龙，凿以写龙，屋室雕文以写龙。于是龙闻而下之，窥头于牖，施尾于堂。叶公见之，弃而还走，失其魂魄，五色无主。是叶公非好龙也，好夫似龙而非龙者也。

——《新序·杂事五》

春秋的时候，楚国叶县有一个名叫沈储梁的县令，大家都叫他叶公。叶公非常喜欢有关龙的东西，不管是装饰品、梁柱、门窗、碗盘、衣服，上面都有龙的图案，连他家的墙壁上也画着一条好大好大的龙，走进叶公的家不知道的人还以为进了龙宫，到处都可以看到龙的图案！"我最喜欢龙！"叶公常常得意地对大家说。

有一天，叶公喜欢龙的事被天上的真龙知道了，真龙说："难得有人这么喜欢我，我得去他家拜访拜访！"真龙就从天上飞到叶公的家里，把头伸进窗户大声喊道："叶公在家吗？"叶公一看到真龙，吓得大叫："哇！怪物！"真龙觉得很奇怪"你怎么说我是怪物呢？我是你最喜欢的龙呀！"叶公害怕得直发抖，说："我喜欢的是像龙的假龙，不是真龙，救命呀！"叶公话还没说完，就连忙逃走了！留下真龙一脸懊恼地说："哼，叶公说喜欢龙是假的，枉我还来特意拜访他！"

解　释：叶公：春秋时楚国贵族。比喻口头上说爱好某事 物，实际上并不是真爱好。

用　法：作定语、宾语。

造　句：喜欢一件东西就要好好地对待它，千万不要叶公好龙！

近义词：表里不一、言不由衷

反义词：名副其实、名实相符

谜　语：叶公好龙何所为（打一四字词语）

"叶公好龙"这个成语比喻那些表面上喜欢某种事物，其实内心并不是真正喜欢。在现实生活中，有的同学为了显示自己的才华，表面上或口头上说自己爱好书法艺术、赞赏书法艺术，实际上并不爱好，或者对书法了解得不多，一旦真正接触，不但不爱好或赞赏，甚至还怕它，不愿意每天枯燥地练习，这也是"叶公好龙"的一种表现。

谜底：类龙有趣

## 掩耳盗铃

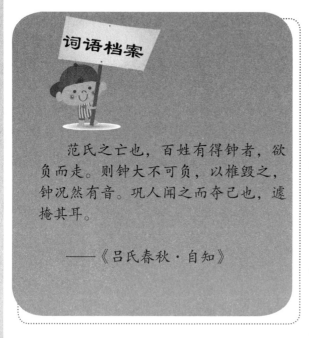

词语档案

范氏之亡也，百姓有得钟者，欲负而走。则钟大不可负，以椎毁之，钟况然有音。恐人闻之而夺己也，遽掩其耳。

——《吕氏春秋·自知》

春秋时候，有人跑到别人家里偷东西，看见院子里吊着一口大钟。钟是用上等的青铜铸成的，造型和图案都很精美。小偷心里高兴极了，想把这口精美的大钟背回家。可是钟又大又重，怎么也挪不动。他想来想去，只有一个办法，那就是把钟敲碎，然后再搬回家。

小偷找来一把大锤，拼命地朝钟砸去，咣的一声巨响，把他吓了一大跳。小偷慌了，心想这下可糟了，这不等于告诉别人我正在这里偷钟吗？他心里一急，一下子扑到钟上，张开双臂想捂住钟声，可钟声又怎么能捂得住呢！钟声悠悠地传向远方。

他越听越害怕，不由地抽回双手，使劲捂住自己的耳朵。"咦，钟声变小了，听不见了！"小偷高兴起来，"妙极了！把耳朵捂住就听不到钟声了！"他立刻找来两个布团，把耳朵塞住，心想，这下谁也听不见钟声了。于是，就放心地砸起钟来，钟声响亮地传到很远的地方。人们听到钟声蜂拥而至，把小偷捉住了。

解　释：掩：掩盖；盗：偷。偷铃怕别人听见而捂住自己的耳朵。

　　　　明明掩盖不住的事情偏要想法子去掩盖，比喻愚蠢自欺

　　　　的掩饰行为。

用　法：连动式；作谓语、定语、状语。

造　句：他考试的时候打小抄，还以为老师看不到，真是掩耳盗铃。

近义词：自欺欺人、弄巧成拙

反义词：开诚布公

谜　语：掩耳盗铃（打一中国地名）

## 启　示

　　"掩耳盗铃"这个故事让我们了解到偷铃的人很愚蠢、自欺欺人，为了掩盖自己的过错，做出了让人发笑的事情。这一成语告诉我们自己欺骗自己的想法和做法是十分愚蠢的。有的同学在现实生活中，在犯了错误的时候，是不是也有过这种掩耳盗铃的想法和做法呢？岂不知，这种自欺欺人的想法是骗不过老师和家长的。

谜底：掩耳

## 033 守株待兔

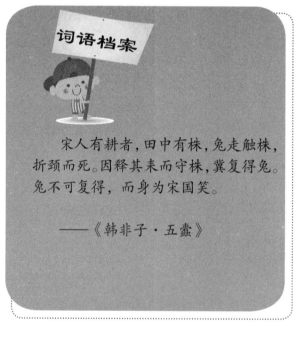

词语档案

宋人有耕者，田中有株，兔走触株，折颈而死。因释其耒而守株，冀复得兔。兔不可复得，而身为宋国笑。

——《韩非子·五蠹》

宋国有一个农夫，每天在田地里辛苦地劳动。

有一天，这个农夫正在地里干活，突然一只野兔从草丛中窜出来。野兔因见到人而受到惊吓。它拼命地奔跑，不料一下子撞到地头的一截树桩上死了。农夫便放下手中的农活，走过去捡起了兔子，他非常庆幸自己运气好。晚上回到家，妻子做了香喷喷的野兔肉，两人美美地吃了一顿。

第二天，农夫照旧到地里干活，可是他再也不像以往那么专心了。他干一会儿就朝草丛里瞅一瞅、听一听，希望再有一只兔子窜出来撞在树桩上。就这样，他心不在焉地干了一天活，直到天黑也没见到有兔子出来，他很不甘心地回家了。第三天，农夫来到地边，他把农具放在一边，自己则坐在树桩旁边的田埂上，专门等待野兔子出来。

后来，农夫每天都这样守在树桩边，希望再捡到兔子，然而他始终没有再捡到，农田里的秧苗却枯萎了。农夫因此成了宋国人议论的笑柄。

解　释：比喻妄想不劳而得，或死守狭隘的经验，不知变通。

用　法：作宾语、定语。

造　句：如果人人都守株待兔，那么这个社会就不会有发明创造了。

近义词：刻舟求剑、墨守成规

反义词：通权达变

谜　语：守株待兔（打一书画摄影词语）

成语"守株待兔"讽刺了那些好逸恶劳、愚昧无知的人。讲述了一个人因为意外地捡到一只撞死的兔子，便痴心妄想每天都能捡到撞死的兔子，于是，开始好逸恶劳。这个故事告诉我们，想要获得什么东西都要靠自己的劳动，那才是真实的，想不劳而获是不可能的。

**034**

# 囊萤映雪

**词语档案**

胤恭勤不倦，博学多通。，家贫
不常得油，夏月则练囊盛数十萤火以
照书，以夜继日焉。

——《晋书·车胤传》

孙康家贫，常映雪读书。

——《孙氏世录》

车胤从小好学不倦，但因家境贫困，他只能利用白天时间看书学习。

夏天的一个晚上，他正在院子里背一篇文章，忽然看见许多萤火虫在低空飞舞。一闪一闪的光点，在黑暗中显得有些耀眼。他想，如果把许多萤火虫集中在一起，不就会成为一盏灯吗？于是，抓了几十只萤火虫放在里面，扎住袋口，把它吊起来。虽然不怎么明亮，但可以看书了。从此，只要有萤火虫，他就去抓来当灯用。

孙康由于没钱买灯油，晚上不能看书，只能早早睡觉。他觉得让时间这样白白流走，非常可惜。

一天半夜，他从睡梦中醒来，发现窗缝里透进一丝光亮。原来，那是雪映出来的，可以利用它来看书。于是他倦意顿失，立即穿好衣服，取出书籍，来到屋外。宽阔的大地上映出的雪光，比屋子里亮多了。孙康不顾寒冷，立即看起书来，手脚冷了，就起身跑一跑，搓搓手指。

此后，每逢有雪的晚上，他都不放过这个好机会，孜孜不倦地读书。

解　释：形容在艰困环境中，勤奋读书；或形容贫士勤勉攻读，
　　　　夜以继日，苦学不倦。

用　法：作宾语、定语。

造　句：我们要学习囊萤映雪的精神，刻苦读书。

近义词：悬梁刺股、凿壁偷光

反义词：无所事事、饱食终日

谜　语：囊萤映雪（打一棋牌词语）

我国古代有很多刻苦读书的故事，如凿壁偷
光、悬梁刺股。我们知道书籍可以启迪人的智慧，
知识让人的思想插上了翅膀，为了获取知识和智
慧，古人与贫困作斗争的学习精神值得我们学习。
现在我们的读书条件好多了，但是这种克服困难、
抓紧时间学习的精神永远值得我们学习。

谜底：双抢

## 望梅止渴

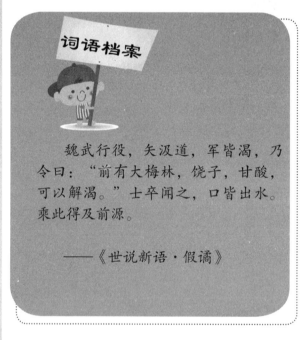

词语档案

魏武行役，矢汲道，军皆渴，乃令曰："前有大梅林，饶子，甘酸，可以解渴。"士卒闻之，口皆出水。乘此得及前源。

——《世说新语·假谲》

东汉末年，曹操带兵去打仗。时值盛夏，太阳火辣辣地挂在空中，大地都快被烤焦了。曹操的军队已经走了很多天，十分疲乏。一路上走的都是荒山秃岭，没有人烟。将士们想尽了办法，始终弄不到一滴水喝。找不到水喝，大家喉咙里好像着了火，每走几里路，就有人中暑倒下去，就是身体强壮的士兵，也渐渐支持不住了。

曹操目睹这样的情景，心里非常焦急。他策马奔向旁边一个山岗，极目远眺，想找个有水的地方。可是他失望地发现，龟裂的土地一望无际，曹操在心里盘算道："这下可糟了，找不到水，这么耗下去，不但会贻误战机，还会使士气低落，想个什么办法来鼓舞士气，激励大家走出干旱地带呢？"曹操想了又想，突然灵机一动，大声喊道："前面不远的地方有一大片梅林，树上结满了又大又酸又甜的梅子，大家再坚持一下，走到那里吃到梅子就能解渴了！"战士们听了曹操的话，想起梅子的酸味，就好像真的吃到了梅子一样，口里顿时生出不少口水，精神也振作起来，鼓足力气加紧向前赶去。这样，曹操终于率领军队走到了有水的地方。

解　释：原意是指梅子酸，人一想到吃梅子就会流涎，因而止渴。后比喻愿望无法实现，用空想来安慰自己。

用　法：连动式；作谓语、宾语、定语。

造　句：曹操用望梅止渴的方法率领队伍走出了沙漠。

近义词：画饼充饥

反义词：名副其实

谜　语：望梅止渴（打一成语）

启　示

　　"望梅止渴"给我们讲述了一个典型的心理暗示作用的故事：曹操巧妙地运用"望梅止渴"的暗示，来鼓舞士气。曹操说的虽然是一个谎言，可是他让士兵们心中充满了希望，激发了他们的动力，终于赶到了目的地。一个人只有对前途充满信心，抱有希望，才能激发动力，努力拼搏、奋斗。相反，如果我们看不到希望，没有目标，就会失去信心，缺乏动力、勇气。

谜底：口碑载道（望眉止渴）

036 唇亡齿寒

词语档案

夫鲁，齐晋之唇，唇亡齿寒，君所知也。

——《左传·哀公八年》

春秋时，晋国有虢、虞两个近邻。

晋国想吞并这两个小国，计划先打虢国。但是晋军要开往虢国，必先经过虞国，如果虞国出兵阻拦，和虢国联合抗晋，晋国虽强，也很难得逞。

晋国大夫荀息向晋献公建议道："我们用名马和美玉作为礼物，送给虞国，向他们借路让我军通过，估计虞国国君一定会同意的。"晋献公说："这名马和美玉是我们晋国的宝物，怎可随便送人！"荀息笑道："只要大事成功，宝物暂时送给虞公，不等于放在自己家里一样吗？"

虞国大夫宫之奇知道了荀息的来意，便劝虞公千万不要答应晋军的要求，说道："虢虞两国，一表一里，唇亡齿寒。如果虢国灭亡，我们虞国也就保不住了！"虞公不听，于是晋献公就在虞公的"慷慨帮助"下，轻而易举地把虢国灭了。晋军得胜回来驻扎在虞国，说要整顿人马，暂住一个时期。不久，晋军发动突然袭击，一下子就把虞国也灭了。虞公被俘，名马和美玉仍然回到了晋献公的手里。

解　释：嘴唇没有了，牙齿就会感到寒冷，比喻关系密切，利害相关。

用　法：作谓语、定语。

造　句：他俩是唇亡齿寒的朋友关系。

近义词：唇齿相依、息息相关

反义词：隔岸观火、素昧平生

含有人体部位名称的成语：以牙还牙、以眼还眼、过目不忘、一目十行、狼子野心、耳目一新、手舞足蹈、措手不及、目不暇接、掩耳盗铃

**启　示**

　　"唇亡齿寒"这一成语告诉我们这样一个道理：嘴唇没有了，牙齿就会感到寒冷。形容事物彼此相依，舍弃其中一个就会影响到另一个。我们在平时的学习工作中，与他人会形成一种唇亡齿寒的关系，利益共存，风险共担。弱小的力量只有联合起来才能形成巨大的力量。不要为了一时之需、一己私利，而坏了大事。

## 037 对症下药

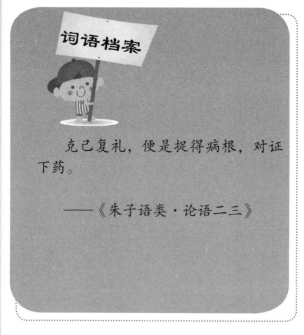

词语档案

克己复礼，便是捉得病根，对证下药。

——《朱子语类·论语二三》

华陀是东汉末年著名的医学家，他精通内、外、妇、儿、针灸各科，医术高明，诊断准确，在我国医学史上享有很高的声誉。

华陀给病人诊疗时，能够根据不同的情况，开出不同的处方。

有一次，州官倪寻和李延一同到华陀那儿看病，两人诉说的病症相同：头痛发热。华陀分别给两人诊了脉后，给倪寻开了泻药，给李延开了发汗的药。

两人看了药方后，感到非常奇怪，问："我们两个人的症状相同，病情一样，为什么吃的药却不一样呢？"华陀解释说："你俩相同的，只是病症的表象，倪寻的病因是由内部伤食引起的，而李延的病却是由于外感风寒，着了凉引起的。两人的病因不同，我当然得对症下药，给你们用不同的药治疗了。"

倪寻和李延服药后，没过多久，病就全好了。

解　释：针对病症用药。比喻针对事物的问题所在，采取有效的措施。

用　法：作谓语、定语、状语。

造　句：老师应根据学生的学习状况，对症下药，分别指导。

近义词：有的放矢、因地制宜

反义词：无的放矢、举措失当

谜　语：对症下药（打一数学用语）

　　华佗是我国东汉时的名医。他针对同一症状的病例，开出不同的处方。原因是两个人虽然病症相似但病因却不同，所以治疗方法就应该不一样。读完故事不禁为华佗高超的医术所折服，同时更钦佩他的辨症施治的思想。华佗正是透过现象看到了事物的本质，看到了病症和病因之间的联系，成功地寻找到治疗的方法，因而药到病除。我们应该学习他的这一思想方法。

谜底：开方

038

# 乐极生悲

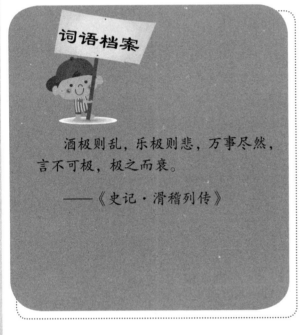

词语档案

酒极则乱，乐极则悲，万事尽然，言不可极，极之而衰。

——《史记·滑稽列传》

战国时期，齐威王是个喜欢彻夜饮酒寻欢作乐的君王，有一年楚军进攻齐国，他连忙派自己信得过的使节淳于髡去赵国求救。淳于髡不辜负齐王的重托，请来了10万大军，吓退了楚军。

齐威王十分高兴，立刻摆设酒宴请淳于髡喝酒庆贺。齐王高兴地问淳于髡："先生你要喝多少酒才会醉？"

淳于髡一看这架势，知道齐王又要彻夜喝酒，必定会一醉方休。他想了想回答道："我喝一斗酒也醉，喝一石酒也醉。"齐王不解其意，淳于髡解释说自己在不同场合、不同情况下酒量会变化："所以我得出一个结论，喝酒到了极点，就会酒醉而乱了礼节；人如果快乐到了极点，就可能要发生悲伤之事。所以，做任何事都是一样，超过了一定限度，就会走向反面。"

这一席话说得齐威王心服口服，当即痛快爽朗地表示接受淳于髡的劝告，今后不再彻夜饮酒作乐，改掉可能导致走向自己反面的恶习。这就是，"乐极生悲"成语的由来。

解　释：高兴到极点时，发生使人悲伤的事。

用　法：作谓语、宾语、定语。

造　句：我们做事情要掌握好度，否则就会乐极生悲。

近义词：兴尽悲来、物极必反

反义词：否极泰来、苦尽甘来

谜　语：乐极生悲（打一诗句）

历史上，"乐极生悲"的事情经常发生。李闯王进京，崇祯皇帝自缢身亡，江山得来的如此容易，李自成及麾下的一些大将们得意忘形，以为天下大定，可以为所欲为了。他们纵容部下骄奢淫逸、无所不为。结果只"乐"了四十二天，落得个"乐极生悲"，兵败身亡的下场。医学常识也告诉我们，气极了会伤身，乐极了也会伤身。因此，我们应以此为鉴。

三顾茅庐

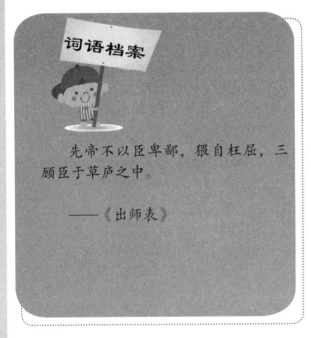

词语档案

先帝不以臣卑鄙，猥自枉屈，三顾臣于草庐之中。

——《出师表》

汉末，刘备听说诸葛亮很有学识，又有才能，就和关羽、张飞带着礼物到隆中卧龙岗去请诸葛亮出来帮助他。恰巧诸葛亮这天出去了，刘备只得失望而归。不久，刘备又和关羽、张飞冒着大风雪去请，不料诸葛亮又外出闲游了。刘备只得留下一封信，表达自己对诸葛亮的敬佩和请他出来帮助自己挽救国家危难局面的心情。

过了一些时候，刘备吃了三天素，准备再去请诸葛亮。关羽认为诸葛亮也许是徒有虚名，未必有真才实学，不用去了。张飞却主张他一个人去，如果诸葛亮不来，就用绳子把他捆来。刘备把张飞责备了一番，又和他俩第三次拜访诸葛亮。他们到诸葛亮家时，诸葛亮正在睡觉。刘备不敢惊动他，一直站到诸葛亮醒来，才坐下谈话。诸葛亮见到刘备有鸿鹄大志，而且又很诚恳地请他，就出来全力帮助刘备，最终建立了蜀汉皇朝。

历史上把刘备三次亲自请诸葛亮的这件事情，叫做"三顾茅庐"。

解　释：顾：拜访；茅庐：草屋。原为汉末刘备访聘诸葛亮的故事。

比喻真心诚意，一再邀请、拜访有专长的贤人。

用　法：动宾式；作谓语、宾语。

造　句：刘备三顾茅庐请出诸葛亮这样的人才。

近义词：礼贤下士

反义词：拒人千里

谜　语：三顾茅庐（打一计算机用语）

三顾茅庐

启　示

　　刘备"三顾茅庐"的故事在中国家喻户晓，于是后人为请自己所敬仰的人出来帮助自己做事，而一连几次亲自去请的时候，就用这个成语来形容请人的诚恳心情。成语包含不耻下问、虚心求才的意思。所以，我们要学习刘备为求得贤才而持之以恒，以诚打动他人的精神。刘备当年三顾茅庐，终于请诸葛亮出山，辅佐他打天下，靠的就是"诚"这个字。

三顾茅庐：屡次访寻求解

# 040 卧薪尝胆

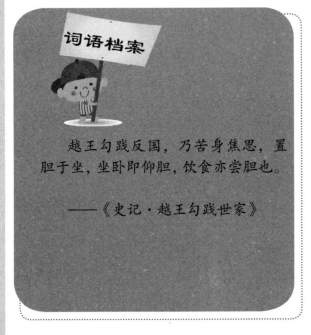

词语档案

越王勾践反国，乃苦身焦思，置胆于坐，坐卧即仰胆，饮食亦尝胆也。

——《史记·越王勾践世家》

公元前496年，吴王阖闾派兵攻打越国，但被越国击败，阖闾伤重身亡。两年后阖闾的儿子夫差率兵击败越国，越王勾践被押送到吴国做奴隶，在勾践忍辱负重伺候吴王三年后，夫差才对他消除戒心并把他送回越国。

其实勾践并没有放弃复仇之心，他表面上对吴王服从，但暗中训练精兵，强政励治并等待时机反击吴国。艰苦能锻炼人的意志，安逸也会消磨人的意志。勾践害怕自己会贪图眼前的安逸，消磨报仇雪耻的意志，所以回国后他每晚睡在柴垛上，在房门口挂一个苦胆，他不时会尝尝苦胆的味道，为的就是不忘过去的耻辱。不听音乐，不近女色，念念不忘复仇。他对外继续讨好吴王，不断送礼，给吴王送去美女和大量的木材；对内休养生息，富国强兵，鼓励增加人口，以增强国力，并和群臣一起谋划攻吴之计。

最终，卧薪藏胆的勾践打败了吴国。

解　释：薪：柴草。卧薪：睡在干柴上。尝胆：尝苦胆。睡觉睡
　　　　在柴草上，吃饭睡觉前都尝一尝苦胆。形容人刻苦自励，
　　　　发奋图强。

用　法：联合式；作谓语、定语、状语。

造　句：越王勾践卧薪尝胆，终于打败了吴国，重建越国。

近义词：发愤图强、宵衣旰食、励精图治

反义词：养尊处优

历史故事成语及主要人物：

完璧归赵（蔺相如）　　　　围魏救赵（孙膑）

毛遂自荐（毛遂）　　　　　负荆请罪（廉颇）

纸上谈兵（赵括）　　　　　一鼓作气（曹刿）

高山流水（俞伯牙、钟子期）　一字千金（吕不韦）

焚书坑儒（秦始皇）

启　示

　　由"卧薪尝胆"这一成语可以了解一段可歌
可泣的壮志复国的故事。一句古诗：有志者事竟成，
破釜沉舟，百二秦关终属楚；苦心人天不负，卧
薪尝胆，三千越甲可吞吴。它告诉我们：做事情
只要有决心，就会成功，就像项羽攻打秦国时毁
掉了船只和做饭的炊具，孤注一掷，结果强大的
秦国被这支部队所攻陷，项羽取得了最终的胜利一样。

**041**

# 胸有成竹

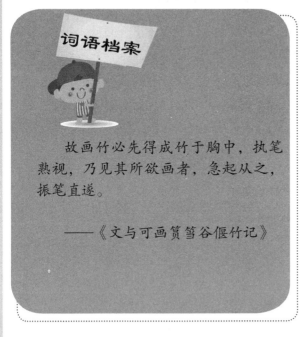

词语档案

故画竹必先得成竹于胸中，执笔熟视，乃见其所欲画者，急起从之，振笔直遂。

——《文与可画筼筜谷偃竹记》

北宋时，有个著名画家叫文与可。他多才多艺，擅长画墨竹，首创了用深墨色画竹、以淡墨色为背景的技法。他画的竹子远近闻名，每天有不少人登门求画。

文与可之所以画竹画得特别好，是因为他对竹子有着特殊的爱好。他在自己家的房前屋后种上各种各样的竹子，无论春夏秋冬，阴晴风雨，他都去竹林观察竹子的生长变化情况，每当有新的感受就回到书房，把心中的印象画在纸上。日积月累，竹子的各种形象就深深地印在他的心中，只要凝神提笔，在画纸前一站，平日观察到的各种形态的竹子就立刻浮现在眼前。所以每次画竹，他都显得非常从容自信，画出的竹子，无不逼真传神。

当人们夸奖他的画时，他总是谦虚地说："其实也没有什么，我只是把心中琢磨成熟的竹子画出来罢了。"

有位青年想学画竹，得知诗人晁补之对文与可的画很有研究，前往求教。晁补之写了一首诗送给他，其中有两句："与可画竹，胸中有成竹。"

解　释：原指画竹子要在心里有一幅竹子的形象。后比喻做事之前已做好充分准备，对事情的成功已有了十分把握；又比喻遇事不慌，十分沉着。

用　法：主谓式；作谓语、定语、状语。

造　句：当我们问他问题时，他总是胸有成竹地回答我们。

近义词：心中有数、成竹在胸

反义词：心中无数、束手无策

谜　语：胸有成竹（打一计算机用语）

这个故事告诉我们一个认识规律：学习某一学科时，要特别注重基础知识的把握，要勤学多思，注意复习，积累各种学习经验，不急于求成，才能取得好成绩，在某一科目上做到"胸有成竹"，才能不怕考试。

## 042 一鸣惊人

**词语档案**

此鸟不飞则已，一飞冲天；不鸣则已；一鸣惊人。

——《史记·滑稽列传》

战国时代，齐国有一个名叫淳于髡的人。他的口才很好，也很会说话。他常常用一些有趣的隐语，来规劝君主，使君王不但不生气，而且乐于接受。

当时齐威王，本来是一个很有才智的君主，但是，他即位以后，却沉迷于酒色，不管国家大事，每日只知饮酒作乐。因为畏惧齐王，所以没有人敢出来劝谏。有一天，淳于髡见到了齐威王，就对他说："大王，为臣有一个谜语想请您猜一猜。齐国有只大鸟，住在大王的宫廷中，已经整整三年了，可是它既不振翅飞翔，也不发声鸣叫，只是毫无目的地呆着，大王您猜，这是一只什么鸟呢？"

齐威王本是一个聪明人，一听就知道淳于髡是在讽刺自己，于是沉吟了一会儿便毅然地决定要改过，振作起来，做一番轰轰烈烈的事。因此，他对淳于髡说："嗯，这只大鸟，它不飞则已，一飞就会冲到云霄；它不鸣则已，一鸣就会惊动众人。你等着瞧吧！"

从此齐威王开始整顿国家。全国上下很快就振作起来，到处充满着勃勃朝气。

解　释：比喻平时没有突出的表现，一下子做出惊人的成绩。

用　法：作主语、谓语、宾语、定语。

造　句：这次技术大比武中，他一鸣惊人夺得了第一名。

近义词：一举成名、一步登天、名满天下

反义词：身败名裂、臭名远扬、丢人现眼

谜　语：不鸣则已，一鸣惊人（打一建筑相关词语）

这一成语告诉我们，不要只看表面现象而要看实质。一个人有没有本事不是靠表面的。不是非要滔滔不绝才能显出自己的本事，平时不露声色是为长远打算，蓄积力量。要在关键时刻，抓住时机，展现自身实力，做到一鸣惊人。

谜底：非常出口

**043**

## 金石为开

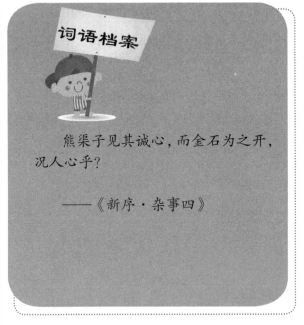

词语档案

熊渠子见其诚心,而金石为之开,况人心乎?

——《新序·杂事四》

楚国有一位著名的射箭能手名叫熊渠子。有一天夜里,当他经过一片山林时,忽然望见前面躺着一只老虎。他吓出一身冷汗,赶紧拉弓搭箭,对准老虎就射。可是,那只老虎不动也不吼。熊渠子感到奇怪,壮着胆子走过去一看,原来是一块像老虎的大石头;再一看,他射出的那支箭整个儿钻进石头里去了。熊渠子简直不敢相信自己的眼睛,心想:"我的气力再大也射不穿石头啊!"他后退了几步,又拿起一支箭,向石头射去。只听"啪"的一声,箭却被弹了回来。熊渠子又连射几回,都是这样。他弄不明白是怎么回事,于是摇摇头,叹了口气,继续赶路了。

这件事很快就传开了。人们议论说,熊渠子之所以能射进石头,是因为他当时心志专一,精力高度集中的关系。

"精诚所至,金石为开"这句谚语就是从上面的故事演变而来的。常用来说明只要专心致志,肯下苦工夫,就能达到目的;有时也用来比喻诚心待人,可以产生意想不到的效果。

解　　释：金石：金属和石头，比喻最坚硬的东西。连金石都打开了。形容一个人心诚志坚，力量无穷。有时用来比喻诚心待人，可以产生意想不到的效果。

用　　法：作谓语、定语。

造　　句：只要你精诚所至，金石为开，一切困难都会解决的。

近义词：金石可开

反义词：无动于衷

谜　　语：金石为开（打一出版印刷词语）

## 启　示

　　熊渠子之所以能将箭射进大石头中，是因为他当时太害怕而极度专心的缘故。这一成语告诉我们：人的诚心所到，能感动天地，使金石为之开裂。比喻只要专心诚意去做事，什么疑难问题都能解决。同学们在学习中遇到困难的时候，是否做到了精诚所至，金石为开呢？相信只要同学们坚持努力，就会战胜一切困难。

谜底：印张

## 044 打草惊蛇

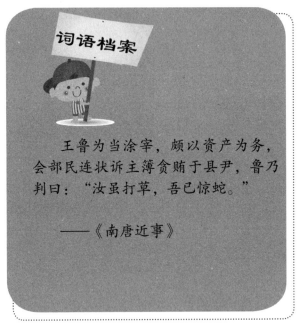

**词语档案**

王鲁为当涂宰，颇以资产为务，会部民连状诉主簿贪贿于县尹，鲁乃判曰："汝虽打草，吾已惊蛇。"

——《南唐近事》

唐朝的时候，有一个名叫王鲁的人，他在衙门做官的时候，常常接受贿赂、不遵守法规。有一天，有人递了一张状纸到衙门，控告王鲁的部下违法、接受贿赂。王鲁一看，状纸上所写的各种罪状，和他自己平日的违法行为一模一样。王鲁一边看着状纸，一边发着抖："这……这不是在说我吗？"

王鲁愈看愈害怕，都忘了状纸要怎么批，居然在状纸上写下了八个大字："汝虽打草，吾已惊蛇。"意思就是说你这样做，目的是为了打地上的草，但我像是躲在草里面的蛇一样，已被大大地吓了一跳！

后来，大家就根据王鲁所写的八个字"汝虽打草，吾已惊蛇"，引伸为"打草惊蛇"这成语。

解　释：打草惊了草里的蛇。原比喻惩罚了甲而使乙有所警觉。后多比喻做法不谨慎，反使对方有所戒备。

用　法：连动式；作谓语、定语、宾语。

造　句：警察出动时要小心，切勿打草惊蛇。

近义词：操之过急、因小失大

反义词：欲擒故纵、引蛇出洞

含有动物名称的成语：引蛇出洞、马到成功、引狼入室、心猿意马、马到成功、兔死狐悲、鱼目混珠、调虎离山、狐假虎威、狼狈为奸、庖丁解牛、蛛丝马迹、鹤立鸡群

启　示

　　"打草惊蛇"这一成语一般用来比喻做事不周、行动不慎，致使对方有所戒备。比如计划逮捕罪犯，而事先走漏了消息，或惊动了旁人，于是罪犯有了准备，或闻风而逃，这就是"打草惊蛇"。这一成语告诫人们，打蛇时千万要小心，一定要一次就打中，不要打中草，让蛇有机会逃跑。很多事情，没有第二次机会，哪怕你从前没有过类似的经验，你也不能失手。

045
入木三分

词语档案

王羲之书祝版，工人削之，笔入木三分。

——《书断·王羲之》

王羲之的字写得非常好，不过他能成为大书法家，固然与他的天资有关系，但最重要的还是由于他刻苦练习。他为了把字练好，无论休息还是走路，心里总是想着字体的结构，揣摩着字的架子和气势，而且还不停地用手指头在衣襟上勾划着。时间久了，连身上的衣服也常常被划破。

他曾经在池塘边练习写字，每次写完，就在池塘里洗涤笔砚。时间一久，整个池塘的水都变黑了。由此我们可以知道，他练了多少字，洗了多少次笔。他在练习上所下的工夫是如此之深。

有一次，皇帝要到北郊去祭祀，让王羲之把祝辞写在一块木板上，再派工人雕刻。雕刻的工人在雕刻时非常惊奇地发现，王羲之写的字，笔力竟渗入木头三分之多。人们赞叹地说："右军将军的字，真是入木三分呀！"

解　释：相传王羲之在木板上写字，木工刻字时，发现字迹已透入木板三分深，形容书法极有笔力，现多比喻分析问题很深刻。

用　法：作谓语、定语、状语、补语。

造　句：这个字写得钢劲有力，"入木三分"。

近义词：力透纸背、铁画银钩

反义词：略见一斑

谜　语：入木三分（打一常用词）

据说王羲之在一块木板上写字后，人们发现他的笔力竟然渗入木头三分之多，这不经过苦练是办不到的，后来人们就用"入木三分"这个成语来形容书法笔力强劲。我们欣赏王羲之的字，也应该学习王羲之刻苦的精神，同时也应该意识到：没有一定的功力是做不到"入木三分"的，王羲之的功力从哪里来？功力来自长年的、坚持不懈的临池研磨。

**道听途说**

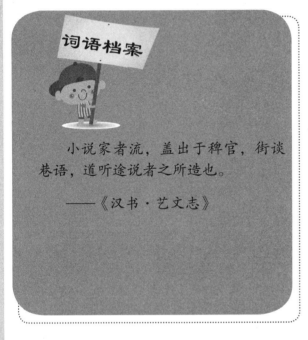

词语档案

　　小说家者流，盖出于稗官，街谈巷语，道听途说者之所造也。

——《汉书·艺文志》

　　战国时期，齐国有一人名叫艾子，有一次，他遇到了一个叫毛空的人。毛空对艾子说："有一户人家的一只鸭子一次下了100个蛋。""这不可能！"艾子说。毛空说："是两只鸭子一次下了100个蛋。"艾子说："这也不可能。"毛空又说："大概是3只鸭子吧。"艾子还是不信。

毛空便一次又一次地增加鸭子的数目，一直加到10只。艾子便说："你把鸭蛋的数目减少一些不行吗？"毛空说："那不行！宁增不减。"

　　接着，毛空又对艾子说："上个月，天上掉下一块肉，有10丈宽、10丈长。"艾子听了说："哪有这事，这是不可能的。"毛空又说："那大概有20丈长吧。"艾子忍不住问道："世上哪有10丈长、10丈宽的肉呢？还是从天上掉下来的。掉到什么地方？你见过吗？你刚才说的鸭子又是哪一家的？"毛空说："我是从街上听来的。"

解　释：道、途：路。路上听来的、路上传播的话。泛指没有根据的传闻。

用　法：作主语、宾语、定语。

造　句：我们要从报纸电视上获得信息而不能道听途说。

近义词：小道消息、捕风捉影、海外奇谈

反义词：言之有据、有根有据、言之凿凿

谜　语：道听途说（打一邮政词语）

启　示

　　"道听途说"这一成语向人们揭示了这样一个道理：听说为虚，眼见为实。只有自己亲眼见到的事，才相信是真的，才可以传播。否则的话，就会出现以讹传讹的后果。我们常说的三人成虎讲的就是这个道理，一个人说有虎的时候，可能人们会怀疑，两个人说有虎的时候，人们也可能不太相信，等到第三个人也说有虎的时候，人们可能就不会怀疑了。

谜底：耳闻

## 047 杯弓蛇影

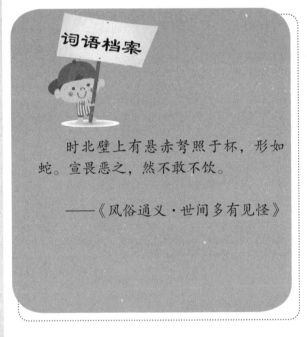

词语档案

时北壁上有悬赤弩照于杯，形如蛇。宣畏恶之，然不敢不饮。

——《风俗通义·世间多有见怪》

乐广有位好朋友，一有空就到他家里来聊天儿。有一段时间，他的朋友一直没有露面。乐广十分惦念，就登门拜望。只见朋友半坐半躺地倚在床上，脸色蜡黄。乐广这才知道朋友生了重病，就问其原因。朋友才说："那天在您家喝酒，看见酒杯里有一条青皮红花的小蛇在游动。当时恶心极了，不喝吧，您又再三劝饮，出于礼貌，不好拒绝您的好意，只好饮下了酒。从此以后，就总是觉得肚子里有条小蛇在乱窜，什么东西也吃不下。"乐广心生疑惑，酒杯里怎么会有小蛇呢？这是怎么回事儿呢？

回到家中，他在房内踱步，分析原因。突然他看见墙上挂着一张青漆红纹的雕弓，灵机一动：是不是这张雕弓在捣鬼？于是，他斟了一杯酒，放在桌子上，移动了几个位置，终于看见那张雕弓的影子清晰地映在酒杯中，随着酒液的晃动，真像一条青皮红花的小蛇在游动。为了解除朋友的疑惑，乐广马上用轿子把朋友接到家中。请他仍旧坐在原来的位置上，仍旧用上次的酒杯为他满满斟了酒，问道："您再看看酒杯中有什么东西？"那个朋友低头一看，立刻惊叫起来："蛇！蛇！"乐广哈哈大笑，指着壁上的雕弓说："您抬头看看，那是什么？"朋友看看雕弓，再看看杯中的蛇影，恍然大悟，顿时觉得浑身轻松，心病自然就没有了。

解　释：将映在酒杯里的弓影误认为蛇。比喻因疑神疑鬼而引起的恐惧。

用　法：复句式；作谓语、定语。

造　句：遇事要镇定，不要草木皆兵，杯弓蛇影。

近义词：草木皆兵、疑神疑鬼、风声鹤唳

反义词：处之泰然、安之若泰、谈笑自若

谜　语：杯弓蛇影（打一物理名词）

杯弓蛇影

## 启　示

　　在这一成语故事中，如果乐广不给他的朋友解开酒中小蛇之谜的话，他的朋友可能就会因此忧虑而死。它启示我们：在生活中，如果遇到什么困难或者是疑难，要努力地思考它的前后缘由，然后去调查、去研究，找出事情的根本原因，就会得到理想的答案。

048 三人成虎

词语档案

夫市之无虎明矣，然而三人言而成虎。

——《战国策·魏策二》

魏国大臣庞葱要陪太子到赵国去做人质。临行前，庞葱对魏王说："现在，如果有一个人说街市上有老虎，您相信吗？"魏王说："不相信。"庞葱说："如果是两个人说街市上有老虎，大王相信吗？"魏王有些迟疑地回答说："如果大家都这么说，那我就只好相信了。"

听魏王这样回答，庞葱就更担心了。他叹了一声说道："大王，您想，老虎是不会跑到大街上来的，这是人人皆知的事情。只是因为三个人都这么说，大街上有老虎便成为真的了。邯郸离我们魏国的都城大梁，比王宫离大街远得多，而且背后议论我的人可能还不止三个。"

魏王听懂了庞葱的意思，就点点头说："你的心思我知道了，你只管放心去吧！"

庞葱陪同魏王的儿子到了邯郸。

庞葱走后不多久，果然有很多人对魏王说起了庞葱的坏话。起初，魏王总是为庞葱辩解，指出他是一个有才能而忠实的大臣。不幸的是，当庞葱的政敌三番五次对魏王说庞葱的坏话时，魏王还真的相信了那些人的话。后来，庞葱从赵国回到魏国以后，魏王就一直不许庞葱再去见他。

解　释：三个人谎报集市里有老虎，听的人就会信以为真。比喻说的人多了，人们就能把谣言当成事实。

用　法：复句式；作分句。

造　句：谣言的可怕之处就在于"三人成虎"。

近义词：众口铄金、道听途说、无中生有

反义词：眼见为实

谜　语：三人成虎（打一成语）

"三人成虎"这一成语告诉我们：谣言经多人重复，就能使人信以为真。因此，我们在判断一件事情的真伪时，必须先经过细心地考察和思考，不能道听途说。否则"三人成虎"，会误把谣言当成真实。有人说，谎言说过一百遍后，就成了事实。要想不让这样的事情发生，我们在听和说的时候，就要认真分析，仔细辨别，而不能随意传播。

# 049 黔驴技穷

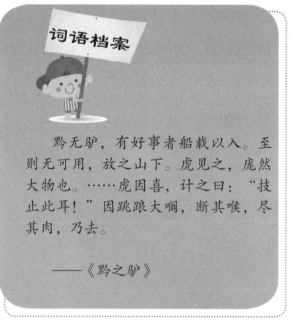

词语档案

黔无驴，有好事者船载以入。至则无可用，放之山下。虎见之，庞然大物也。……虎因喜，计之曰："技止此耳！"因跳踉大㘎，断其喉，尽其肉，乃去。

——《黔之驴》

黔这个地方没有驴子，有个喜欢多事的人用船运载了一头驴进入黔地。运到后却不知道该如何用它，便把它放置在山下。老虎初见到它，一看它是个巨大的动物，就很害怕，藏在树林里偷偷地看它。渐渐地老虎开始走出来接近它，小心谨慎，不知道它是个什么东西。

一天，驴子一声长鸣，老虎非常害怕，逃到远处，十分恐惧，认为驴子要咬自己，然而老虎来来往往地观察驴子，觉得它没有什么特别的本领。渐渐地习惯了它的叫声，也敢慢慢地靠近它前前后后地走动，但老虎始终不敢和驴子搏击。

时间久了，老虎的态度变得更为随便，经常碰擦倚靠、冲撞冒犯驴子。驴子发怒了，用蹄子踢老虎。老虎一看便欣喜不已，盘算道："驴子的本领不过如此！"于是跳跃起来，大声吼叫，咬断了驴的喉咙，吃完了它的肉，才离去。

解　释：黔：今贵州省一带；技：技能；穷：尽。比喻有限的一
　　　　点本领也已经用完了。

用　法：作主语、宾语。

造　句：如何解决这个问题，我已经黔驴技穷了。

近义词：无计可施、束手无策

反义词：神通广大、力大无穷

谜　语：黔驴技穷（打一常用词）

黔驴技穷

黔之驴徒有外表的强大，只有长鸣的本领。这只会蒙骗一时，时间一长就会被识破。这个成语告诉我们：不要被貌似强大的东西所吓倒，只要敢于斗争，善于斗争，就一定能获得胜利。我们每一个人都要学好本领，如果光是金玉其外，败絮其内的话，那我们也就只会像那头黔之驴一样。如果我们能够学好本领，遇到事情多动脑筋，相信再大的困难我们都能够克服。

科属：竹枝

## 杀鸡吓猴

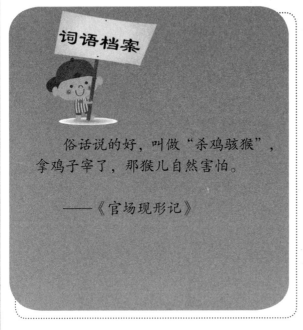

词语档案

俗话说的好，叫做"杀鸡骇猴"，拿鸡子宰了，那猴儿自然害怕。

——《官场现形记》

古代时候，有个耍猴戏的，新买了一只受过训练的猴子。这猴子特别机灵，他一听到鼓声就会跳舞，一听到锣声就会翻跟斗，可是就是不听新主人的指挥。耍猴人使劲打鼓，使劲敲锣，猴子眨眨眼睛，一动也不动，像没听见一样。猴子的做法，把耍猴人气得够呛。

于是，他想出了一个办法，到集市上买回了一只公鸡，对着公鸡又打鼓，又敲锣。他的举动把公鸡吓傻了，蹲在地上一动也不敢动。公鸡怎么会演戏呢，于是耍猴人拿起刀，一刀就把公鸡宰了。

这一下可把一旁观看的猴子吓坏了。从此以后，只要耍猴人一打鼓，它就连忙跳舞，一敲锣，它就连忙翻跟斗，一点儿也不敢含糊。

解　释：杀鸡给猴子看。比喻用惩罚一个人的办法来警告其他人。

用　法：作谓语、定语、宾语。

造　句：小明上课讲话，老师便杀鸡吓猴，严厉地批评了另一个讲话更严重的同学。

近义词：杀一儆百、杀鸡儆猴

谜　语：杀鸡吓猴（打一常言俗语）

相传猴子是最怕见血的，驯猴人当面杀鸡给它看，叫它看看血的厉害，才可以对它进行教化。所谓"杀鸡儆猴"，即是"杀一儆百"，有威胁恫吓之意，在意见发生分歧、工作受到阻挠的时候，为使步调划一、法令贯彻执行，非以严厉手段对付不可，此所谓"杀鸡吓猴"的意义之所在。

谜底：一惩一儆百儆千

# 051

# 一叶障目，不见泰山

词语档案

夫耳之主听，目之主明。一叶蔽目，不见太山；两豆塞耳，不闻雷霆。

——《鹖冠子·天则》

从前，楚国有个书呆子，家里很穷。

一天，他正在看书，忽然看到书上写着："如果能得到螳螂捕捉知了时用来遮身的那片叶子，就可以把自己的身体隐蔽起来，谁也看不见。"于是他想："如果我能得到那片叶子，那该多好呀！"

从这天起，他整天在树林里转来转去，寻找螳螂捉知了时藏身的叶子。终于有一天，他看到一只螳螂隐身在一片树叶下捕捉知了，他兴奋极了，猛地一下子扑过去摘下那片叶子，他太激动了，一不小心把那片叶子掉在了地上，与满地的落叶混在一起。他拿来一只簸箕，把地上的落叶全都收集起来，带回家去。回到家里他想："怎么从这么多的叶子中拣出那片可以隐身的叶子呢？"他一片一片地试验。于是，举起一片树叶，就问他的妻子说："你能看得见我吗？""看得见。"他妻子回答。"你能看得见吗？"他又举起一片树叶问。"看得见。"妻子耐心地回答。到后来，他妻子厌烦了，随口答道："看不见啦！"书呆子一听乐坏了。他来到街上，用树叶挡住自己，当着店主的面，伸手拿了店里的东西就走。店主把他抓住，送到官府。县官觉得很奇怪，便问他究竟是怎么回事。书呆子说出了原委，县官听后不由哈哈大笑，便把他放回了家。

解　释：眼睛被一片树叶挡住，看不到事物的全貌。比喻被局部现象所迷惑，看不到全局或整体。也比喻目光短浅。

用　法：复句式；作宾语、分句。

造　句：不能一叶障目，不见泰山，仅仅因为一些小的失误就全盘否定我们所取得的成就。

近义词：一叶障目，不见森林；只见树木，不见森林

反义词：明察秋毫、洞若观火

"一叶障目，不见泰山"的原因：在同种均匀介质中，光沿直线传播。叶子挡在眼前时，便阻挡了进入人眼睛的光线，所以就"一叶遮目，不见泰山"了。

　　"一叶障目，不见泰山"的故事为我们讲述了发生在一个愚蠢书生身上的笑话。他自以为用一片树叶挡住了眼睛，他看不见别人，别人就看不到他了。这个成语现引申为被局部现象所迷惑，看不到全局或整体。也就是说，我们看问题、分析问题的时候，要全面地考虑分析，切不可一叶障目，只看局部，不顾整体。

## 052 狼狈为奸

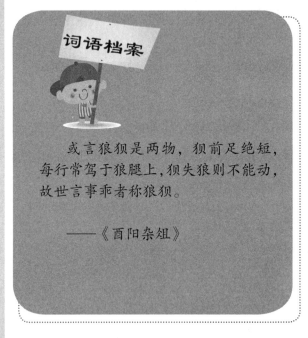

**词语档案**

或言狼狈是两物，狈前足绝短，每行常驾于狼腿上，狈失狼则不能动，故世言事乖者称狼狈。

——《酉阳杂俎》

狼和狈，是两种长相十分相似的动物。它们唯一不同的是狼的两条前腿长，两条后腿短；而狈却是两条前腿短，两条后腿长。这两种野兽，经常一起去偷猪、羊等家畜。

有一回，一只狼和一只狈共同来到一个羊圈外，看到羊圈中的羊又多又肥，就想偷吃。但是羊圈的墙和门，都很高，狼和狈都爬不进去。于是，它们就想了一个办法。先由狼骑到狈的脖子上，然后狈站起来，把狼抬高，再由狼越过羊圈把羊偷出来。商量过后，狈就蹲下身来，狼爬到狈的身上。然后，狈用前脚抓住羊圈的门，慢慢地伸直身子。狈伸直身子后，狼将前脚抓住羊圈的门，慢慢伸直身子，把两只长长的前脚伸进羊圈，把羊圈中的羊偷了出来。

这样偷羊的事，狼和狈经常合伙干。假如狼和狈不合作，就不能把羊偷走，养羊的农民就会减少损失。然而，狼和狈经常那样合作一起干了很多坏事，它们走在一起的时候，就显得非常亲密。

解　释：狼和狈一同出外伤害牲畜，狼用前腿，狈用后腿，既跑
　　　　得快，又能爬高。比喻互相勾结干坏事。

用　法：主谓式；作谓语、定语、状语。

造　句：他们互相勾结，狼狈为奸，尽干坏事。

近义词：同流合污、气味相投

反义词：志同道合、情投意合、同心协力

关于"狼"的歇后语：狼吃狼——冷不防 ( 比喻突然，没有料到 )

　　　　　狼头上长角 —— 装样 ( 羊 )

　　　　　狼看羊羔 —— 越看越少

　　　　　狼狗打架 —— 两头害怕

由这一成语故事，我们知道了狼和狈的特征，以及它们狼狈为奸的原因。它们只有密切配合才能偷羊、吃动物、干坏事。如果没有了彼此的配合，它们恐怕连行走都会很困难。所以，生理原因决定了它们必须密切配合才能获取食物，才能生存。如果两者的目的不一致或生理上各自没有缺欠，它们是不是不会合作得这么密切呢！

狼
狈
为
奸

## 053 毛遂自荐

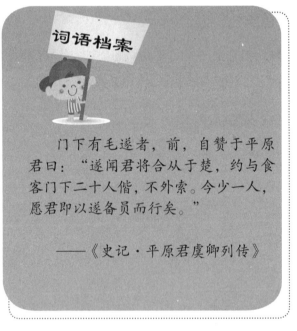

词语档案

门下有毛遂者，前，自赞于平原君曰："遂闻君将合从于楚，约与食客门下二十人偕，不外索。今少一人，愿君即以遂备员而行矣。"

——《史记·平原君虞卿列传》

春秋时，秦军在长平一战，大胜赵军。秦军主将白起，领兵乘胜追击，包围了赵国都城邯郸。大敌当前，赵国形势万分危急。平原君奉赵王之命，去楚国求兵解围。平原君把门客召集起来，想挑选20个文武全才的人一起去。他挑了又挑，选了又选，最后还缺一人。这时，门客毛遂自我推荐，说："算我一个吧！"平原君见毛遂再三要求，才勉强同意了。

到了楚国，楚王只接见平原君一个人。两人从早晨谈到中午，还没有结果。毛遂大步跨上台阶，远远地大声叫起来："出兵的事，非利即害，非害即利，简单而又明白，为何议而不决？"楚王非常恼火，问平原君："此人是谁？"平原君答道："此人名叫毛遂，是我的门客！"楚王喝道："下去！我和你的主人说话，你来干什么？"

毛遂见楚王发怒，不但不退下，反而又走上几个台阶。他手按宝剑，说："如今十步之内，大王的性命就掌握在我手中！"楚王见毛遂如此勇敢，便没有再呵斥他，而是听毛遂讲话。毛遂就把援赵有利楚国的道理，进行了非常精辟的分析。毛遂的一番话，说得楚王心悦诚服，答应马上出兵。没几天，楚、魏等国联合出兵援赵，秦军撤退了。平原君回赵后，待毛遂为上宾。

解　释：毛遂，自我推荐。比喻自告奋勇，自己推荐自己承担某项工作。

用　法：主谓式，做谓语、定语、宾语。

造　句：我毛遂自荐当班长，居然被班主任批准了。

近义词：自告奋勇

反义词：自惭形秽

谜　语：毛遂自荐（打一计算机用语）

**启　示**

　　"毛遂自荐"的故事告诉我们，不要总是被动地等着别人发现自己的才能，不妨自己主动地站出来，毛遂自荐。要做到毛遂自荐应具备以下两点：一是要有足够的实力，二是要有敢于站出来的勇气。我们中国人一向以谦虚为荣，不善于说"我能行"、"让我去"，总觉得这是出风头，有显示自己之嫌。但当别人不了解你的时候，你往往会被埋没，所以，想让别人了解你，让别人知道你的才能，你就要学习毛遂的自荐精神。

谜底：自不量力

# 梁上君子

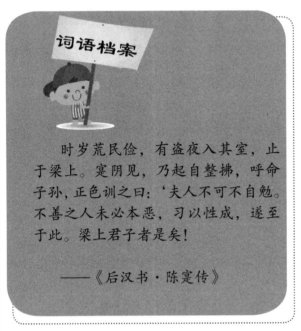

**词语档案**

时岁荒民俭，有盗夜入其室，止于梁上。寔阴见，乃起自整拂，呼命子孙，正色训之曰：'夫人不可不自勉。不善之人未必本恶，习以性成，遂至于此。梁上君子者是矣！

——《后汉书·陈寔传》

汉桓帝时，陈寔任太丘长。他理政有方，秉公办事，心地仁厚，善于以德感人，深受人们的尊敬与爱戴。

一天晚上，陈寔发现自己的住室里有一个小偷躲在屋梁上，但他没有声张，而是把子孙们叫到跟前，严肃地讲了一番做人的道理。他说每个人都应该自尊自爱严格要求自己，防止走上邪路。

干坏事的人并不是生来就坏，只是平常不学好，慢慢养成了坏习惯，本来可以是正人君子的人却变成了小人，梁上君子就是这样的人。躲在梁上的小偷听了，羞得无地自容，跳下来连连向陈寔磕头、认罪求饶。陈寔仔细盘问，方知因连年欠收，生活贫困，他才当了小偷。陈寔看他不像坏人而且确有悔改之心，就送给他两匹绢，叫他以此为本钱做小生意养家糊口，那人拜谢而去。

此事传开，成为民间美谈，太丘县很长时间没有发生过盗窃案件。

解　释：梁：房梁。躲在梁上的君子，窃贼的代称。现在有时也指脱离实际、脱离群众的人。

用　法：作主语、宾语。

造　句：昨夜，梁上君子光顾了我们那栋大楼，翻遍了各家住户。

近义词：妙手空空

反义词：正人君子

谜　语：梁上君子（打一中药名）

"梁上君子"这一成语向我们讲述了陈寔教育转化小偷的经过。它告诉我们：应该从小就养成努力向上的好习惯，长大以后才能成为对社会、家庭，有贡献的人！千万不能学梁上君子之所为！

谜底：防己（《本草纲目》）

**055**

## 废寝忘食

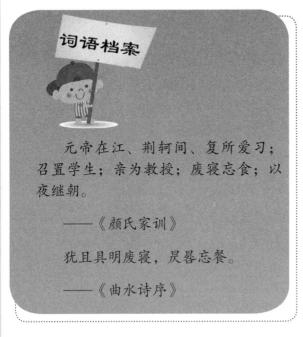

**词语档案**

元帝在江、荆轲间、复所爱习；召置学生；亲为教授；废寝忘食；以夜继朝。

——《颜氏家训》

犹且具明废寝，昃晷忘餐。

——《曲水诗序》

春秋末期的思想家、政治家和教育家，"儒家"思想的创始人孔子在年老时，开始周游列国。

在他六十四岁那年，来到了楚国沈诸梁的封地叶邑。楚国令尹、司马沈诸梁，热情地接待了孔子。沈诸梁人称叶公，他只听说过孔子是个有名的思想家、政治家，教出了许多优秀的学生，但对孔子本人并不十分了解，于是向孔子的学生子路打听孔子的为人。子路虽然跟随孔子多年，但一时却不知怎么回答，就没有作声。

后来，孔子知道了这事，就对子路说：以后若有人问你，你就这样回答，孔子不过是一个努力学习而不厌倦，甚至于忘记了吃饭；津津乐道于授业传道，而从不担忧受贫受苦；自强不息，甚至忘记了自己年纪的人。

孔子的话，显示出由于他有远大的理想，所以生活得非常充实，非常快乐。

解　释：废：停止。顾不得睡觉，忘记了吃饭。形容专心努力。

用　法：作谓语、定语、状语。

造　句：他认真工作，达到了废寝忘食的程度。

近义词：兢兢业业、夜以继日、发愤忘食

反义词：饱食终日

形容刻苦学习的成语：废寝忘食、十载寒窗、悬梁刺股、

囊萤映雪、凿壁借光、圆木警枕

启　示

　　"废寝忘食"的意思就是说做一件事情，能全身心地投入以至于达到不睡觉，甚至忘记了吃饭。从古至今，无论是天才诗仙李白、音乐神童莫扎特，还是天才发明家爱迪生，他们在成功的路上都比一般人付出的勤奋与专注要多得多，因此才能有不朽的成就。所以，废寝忘食是成才、成功的共同点。如果在学习上、工作中能达到废寝忘食的程度，那离成功就不会远了。

056

# 程门立雪

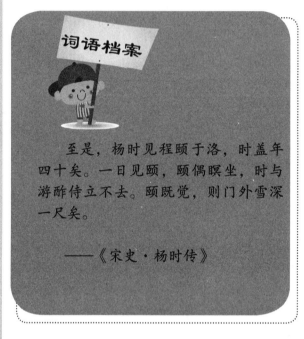

词语档案

至是，杨时见程颐于洛，时盖年四十矣。一日见颐，颐偶瞑坐，时与游酢侍立不去。颐既觉，则门外雪深一尺矣。

——《宋史·杨时传》

杨时从小就聪明伶俐，四岁入村学，七岁就能写诗，八岁就能作赋，人称"神童"。他一生立志著书立说，曾在许多地方讲学，倍受欢迎。居家时，长期在含云寺和龟山书院，潜心攻读，写作教学。

有一年，杨时赴浏阳县途中，不辞劳苦，绕道洛阳，拜师程颐，以能进一步深造。有一天，杨时与他的学友游酢，因对某一问题有不同看法，为了求得一个正确答案，他俩一起去老师家请教。

时值隆冬，天寒地冻，浓云密布。他们行至半途，朔风凛凛，瑞雪霏霏，冷飕飕的寒风肆无忌惮地灌进他们的领口。他们把衣服裹得紧紧的，匆匆赶路。来到程颐家时，适逢先生坐在炉旁打坐养神。杨时二人不敢惊动老师，就恭恭敬敬地侍立在门外，等候先生醒来。

这时，远山如玉簇，树林如银妆，房屋也披上了洁白的素装。杨时的一只脚冻僵了，冷得发抖，但依然恭敬侍立。过了良久，程颐一觉醒来，从窗口发现侍立在风雪中的杨时和游酢，只见他们通身披雪，脚下的积雪已有一尺多厚，赶忙起身迎他俩进屋。后来，程门立雪成为杨时尊师的写照。

解　释：程：指程颐。旧指学生恭敬受教，现比喻尊敬师长。比喻求学心切和对有学问长者的尊敬。

用　法：偏正式；作谓语。

造　句：我们学习本领时要有程门立雪的精神。

近义词：尊师重教、程门度雪、立学求道

谜　语：程门立雪（打一歌词）

　　"程门立雪"是程颐主张的道德教育思想的具体体现。程颐认为敬、诚是学圣入道的突破口，他在道德教育和道德修养中，谈得最多的就是"敬"的功夫和"诚"的境界。"敬"指尊敬老师，一个学生只有在内心敬重自己的老师才能做到诚心诚意地追随老师学习。要达到"诚"的境界，必须从"敬"入手。"程门立雪"的故事是中国古代尊师重教传统美德的一个典型缩影。

答案：张开大地的怀抱

**057**

# 三令五申

词语档案

约束既布，乃设鈇钺，即三令五申之。

——《史记·孙子吴起列传》

三令五申，示戮斩牲。

——《东京赋》

春秋时候，有一位著名的军事家叫孙武，他携带自己写的《孙子兵法》去见吴王。吴王看过之后说："你的十三篇兵法，我都看过了，是不是拿我的军队来试试？"孙武说可以。吴王再问："用妇女来试验也可以吗？"孙武说可以。于是吴王召集了一百八十名宫中美女，请孙武训练。

孙武将她们分为两队，由吴王宠爱的两个宫姬为队长，队伍站好后，孙武便发问："你们知道怎样向前向后和向左向右转吗？"众女兵说："知道。"孙武再说："向前就看我心胸；向左就看我左手；向右就看我右手；向后就是看我背后。"众女兵说："明白了。"此时，孙武命人搬出鈇钺（古时杀人用的刑具），三番五次地向她们说明违反命令要受到处罚。说完，便击鼓发出向右转的号令，怎知众女兵不但没有依令行动，反而哈哈大笑。孙武见状说："解释不明，交代不清，应该是将官们的过错。"于是，又将刚才的一番话详尽地向她们做了解释。再而击鼓发出向左转的号令时，众女兵仍然只是大笑。

孙武说："解释不明，交代不清，是将官的过错。既然交代清楚而不听令，就是队长和士兵的过错了。"说完便命左右随从把两个队长推出去斩首。吴王见孙武要斩他的爱姬，急忙派人向孙武说情，孙武说："我既受命为将军，将在军中，君命有所不受！"遂命左右将两个队长斩了，再任命两位排头的为队长。自此以后，众女兵无论是向前向后，向左向右，甚至跪下起立等复杂的动作都认真操练，再不敢儿戏了。

**解　释**：令：命令；申：表达，说明。多次命令和告诫。

**用　法**：作谓语、宾语、定语。

**造　句**：虽然学校已经三令五申，不准使用手机，但个别同学还是照样使用。

**近义词**：发号施令、千叮万嘱

**反义词**：敷衍了事

**谜　语**：三令五申才回音（打一成语）

"三令五申"这一成语在现实生活中经常提到，上至国家实施大政方针而三令五申，下至学校为达到某些要求而三令五申。为什么总是三令五申呢？主要是个别人想逃避规则的约束，搞有令不行、有禁不止和上有政策、下有对策的潜规则。对国家、学校的规定，他们先是置若罔闻、我行我素，玩"概念"游戏，或虚晃一枪、摆摆样子。希望同学们能从自己做起，主动遵守学校的各项规章制度，不让学校三令五申地反复强调要遵守各项制度。

谜底：八方传应

# 058 贪得无厌

词语档案

贪婪无厌，忿类无期。

——《左传·昭公二十八年》

战国初期，晋大夫智伯曾联合赵国、魏国、韩国消灭了强敌中行氏，并占领了他的领地。事后智伯很不满足，认为，主意是他出的，仗是他打的，可是自己得到的太少，而赵、魏、韩三国受益却很大。

于是先向韩国索要土地。韩国惹不起他，为了息事宁人，便割给他一块土地。智伯尝到了甜头，又向魏国伸手。魏国看韩国给了，也给了他一块土地。智伯这时有点忘乎所以了，又向赵国提出割地的要求，但这次他碰了钉子，赵襄王不答应他提的条件。智伯恼羞成怒，就联合韩、魏两家攻打赵国。赵襄王只好退守晋阳，与智伯抗衡。双方打了三年之久。这时有人向赵襄王报告粮草告急，情急之下，赵襄王只好派孟谈去游说魏、韩两国。魏国和韩国也认为智伯终将是心腹大患，于是同意倒戈。一天夜里赵襄王出兵，同魏、韩两国里应外合，击败并杀死了智伯。

解　　释：厌：满足。贪心永远没有满足的时候。

用　　法：作谓语、定语。

造　　句：我真不是一个贪得无厌的人。

近义词：得寸进尺、贪心不足

反义词：一尘不染、知足常乐

歇后语：吃了五味想六味——贪得无厌

　　　　当了皇帝想成仙——贪得无厌

　　　　到了山顶想上天——贪得无厌

启　示

　　"贪得无厌"这一成语告诉我们这样一个道理：不要不知满足，要适可而止！发生在两千多年前的故事，智伯的愚蠢和贪得无厌，给当今的人们敲响了警钟。一个人如果贪念太强，就会带来恶果。一个人在功成名就的时候，不要贪得无厌，要适可而止、见好就收。如果把握不住这个度，就会导致智伯的结局。

## 059

# 悬梁刺股

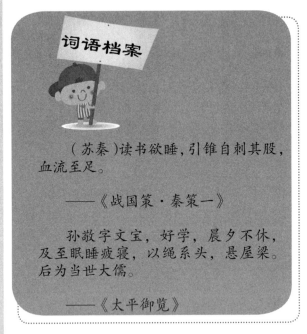

词语档案

（苏秦）读书欲睡，引锥自刺其股，血流至足。

——《战国策·秦策一》

孙敬字文宝，好学，晨夕不休，及至眠睡疲寝，以绳系头，悬屋梁。后为当世大儒。

——《太平御览》

悬梁刺股的故事源自战国的苏秦和东汉的孙敬。

孙敬到洛阳求学，每天从早到晚读书，常常废寝忘食。时间久了，疲倦得直打瞌睡，他便找了一根绳子，一头绑在房梁上，一头束在头发上，当他读书打盹时，只要头一低，绳子就会扯住头发，人自然也就醒了，可以继续读书学习。每天晚上读书，他都用这种办法。

苏秦由于在秦时间太久，以致盘缠将尽，只好衣衫褴褛地返回家中。亲人见他如此落魄，对他十分冷淡。苏秦羞愧难当，下决心用功学习，昼夜苦读。读书时他准备了一把锥子，一打瞌睡，便用锥子往自己的大腿上刺，强迫自己清醒过来，好继续专心读书。如此这般坚持了一年，他再次周游列国。终于说服齐、楚、燕、韩、赵、魏联合抗秦，并手握六国相印。苏秦缔约六国，联合抗秦，使秦王不敢窥函谷关达15年之久。

解　　释：形容学习刻苦。

用　　法：作谓语、定语、宾语。

造　　句：我们应该学习古人悬梁刺股的刻苦读书精神。

近义词：悬头刺骨

课外链接：囊萤映雪：囊萤发生在晋代，主人公车胤；映雪发生
在晋代，主人公孙康。

凿壁偷光：发生在西汉，主人公匡衡。

韦编三绝：发生在春秋时期，主人公孔丘。

悬梁刺股

这是一个春秋战国时的故事，这个故事向我们讲述了古人在学习的过程中，提醒自己刻苦学习的方法。这一方法用现代人的观点来看，似乎有点自残。现在的孩子过着舒适安逸的生活，难以接受这一做法。但是他们这种刻苦学习的精神却令人敬佩，他们用勤奋抒写成功的秘密，他们用刻苦描述成功背后的付出。自古以来，勤奋就是让一个人成才的秘诀，刻苦是让一个人成功的秘诀。

060

# 忠言逆耳

**词语档案**

夫良药苦于口，而智者劝而饮之，知其入而已己疾也。

——《韩非子·外储说左上》

良药苦于口而利于病，忠言逆于耳而利于行。

——《孔子家语·六本》

公元前207年，刘邦攻占咸阳后，进秦宫察看。秦宫内宝物无数，美女如云，让他感到前所未有的新奇与满足，产生了要好好地享用这一切的念头。

樊哙是刘邦的部下，他看出了刘邦的心思，就问他是要做一个富豪，还是要统领天下。刘邦说："当然是统领天下。"樊哙说："秦宫里珍宝无数，美女众多，这些都是导致秦朝灭亡的原因。刘邦根本听不进樊哙所言。谋士张良知道后，对刘邦说："秦王昏庸无道，百姓才起来造反，您才得到这一切。您替天下百姓除掉了暴君，更应该维护形象，节俭度日。现在刚到秦宫就想享乐，这怎么能行呢？忠诚正直的话虽然听着不顺耳，但对行动有利；好药一般都喝起来很苦，但却能治病。望主公能听从樊哙之言！"

刘邦心想，拥有天下之后，美女、富贵迟早都会得到，于是听从了樊哙、张良的劝告，马上下令封库，关上宫门，返回了灞上。

解　释：逆耳：不顺耳。正直的劝告听起来不顺耳，但有利于改正缺点错误。

用　法：作谓语、宾语、分句。

造　句：他说的话你不要生气，忠言逆耳嘛！

近义词：良药苦口、持平之论

反义词：甜言蜜语、花言巧语

谜　语：忠言逆耳利于行（打一电视剧名）

启　示

　　"良药苦口利于病，忠言逆耳利于行。"这是中国的古训，在历史的潮流中，有不少直言敢谏的良臣义士为这句话付出了生命的代价。在人际交往中，在涉及大是大非的问题上，我们必须敢说，但是，却有一个技巧的问题。当我们决定给他人进"忠言"的时候，一定要考虑好对方当时的情绪和心理状态，设计好劝说对方的策略，采取对方能接受的"批评"方式，使对方心平气和地接受你的意见，并且对你心存一份感激，这就是忠言所要达到的预期效果。

谜底：说真话做正确的事

**061**

# 一鼓作气

词语档案

夫战，勇气也。一鼓作气，再而衰，三而竭。

——《左传·庄公十年》

公元前684年的春天，强大的齐国出兵攻打弱小的鲁国。鲁庄公亲自率领军队前往应战，双方摆开阵势，准备大战一场。

鲁国一位叫曹刿的将军率部队与齐国交战。当时，作战以擂鼓作为进攻的号令，当齐军擂第一遍鼓时，曹刿按兵不动，齐军擂第二遍鼓时，曹刿还是没下令，齐军第三遍擂鼓时，也不见鲁军应战，齐国将士士气大减，十分疲惫，情绪顿时低落下去，认为鲁军不会再打了，大家纷纷坐下来休息，队伍也开始松散了。这时，曹刿当机立断，对鲁庄公说：进攻的时机到了。"随着雨点般的战鼓声响起，早就摩拳擦掌的鲁军将士奋勇出击，齐军还没有来得及防备，顿时丢盔弃甲，四处溃逃。

打胜仗后，鲁庄公问曹刿："刚才为什么要等齐军擂了三次鼓后才出兵？"曹刿说："打仗，最重要的是士气。擂第一遍鼓时，士气最旺；第二次击鼓时，士兵的士气已经减退；擂第三次鼓时，士兵的士气已经没了。这时我军再擂鼓进攻，用士气旺盛的军队去进攻松懈疲乏的军队，那当然就能取胜啦！"

解　释：一鼓：第一次击鼓；作：振作；气：勇气。第一次击鼓时士气振奋。比喻趁劲头大的时候鼓足干劲，一口气把工作做完。

用　法：作谓语、定语。

造　句：刚放假，小刚一鼓作气完成了假期作业。

近义词：一气呵成、趁热打铁

反义词：一败如水、一败涂地、偃旗息鼓

谜　语：一鼓作气，再而衰，三而竭（打一体育词语）

"一鼓作气"这个成语告诉我们做事时要鼓起劲头，要有勇往直前的精神。我们在日常学习中应把握住机会，保持高度的热情，一鼓作气，将工作做好。人的耐力是有限的，不会长久地坚持下去，古人讲的"再而衰，三而竭"就是这个道理，而且气可鼓而不可泄，如果人们在坚持的过程中泄气了，那将会前功尽弃。

谜底：马上再马

062 不耻下问

词语档案

敏而好学，不耻下问。

——《论语·公冶长》

卫国大夫孔圉聪明好学，更难得的是他是个非常谦虚的人。

孔圉死后，卫国国君为了让后代的人都能学习和发扬他好学的精神，特别赐给他一个"文公"的称号。于是后人就尊称他为孔文公。

孔子的学生子贡也是卫国人，但是他却认为这一称号对孔圉来说有点言过其实。

有一次，他问孔子说："孔圉的学问及才华虽然很高，但是比他更杰出的人有很多，凭什么只赐给孔圉'文公'的称号？"孔子听了微笑着说："孔圉非常勤奋好学，非常聪明，而且如果有什么不懂的事情，就算对方地位或学问不如他，他都会大方而谦虚地请教，一点都不因此而感到害羞，这就是他难得的地方，因此赐给他"文公"的称号没有言过其实，我认为比较恰如其分"。

解　释：乐于向学问或地位比自己低的人学习，而不觉得不好意思。

用　法：动宾式；作主语、谓语、宾语。

造　句：在学习上，我们要有不耻下问的精神。

近义词：不矜不伐、谦虚谨慎、功成不居

反义词：好为人师、骄傲自满、居功自傲

谜　语：不耻下问（打一数学词语）

启　示

　　成语"不耻下问"就是从孔子的"敏而好学，不耻下问，"这句话中来的。孔子的这种不耻下问的精神基于他对知识的渴求，对知识的尊重，对知识载体（老师）的尊重，他常说"三人行必有我师焉"。比我优秀的，是我学习、仿效的榜样；不如己者，观人思己，为反面之师。我们应该向孔子学习，学习他的这种求学态度，真诚地向别人请教，不耻下问，这样才能进步得更快。

谜底：半价

## 愚公移山

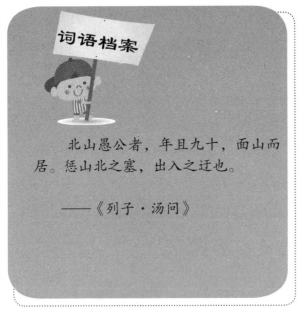

词语档案

北山愚公者，年且九十，面山而居。惩山北之塞，出入之迂也。

——《列子·汤问》

传说古时候有两座大山，一座叫太行山，一座叫王屋山。在北山住着一位老人，名叫愚公，快90岁了。他每次出门，都因这两座大山，要绕很大的圈子才能到南方去。

一天，他把全家人召集起来，说："我准备与你们一起，用毕生的精力来搬掉这两座山，修一条通向南方的大道。你们说好吗？"大家都表示赞成，但愚公的老伴提出了一个问题："我们大家的力量加起来，不能搬动一座小山，又怎么能把太行、王屋两座大山搬掉呢？再说，那些挖出来的泥土和石块放到哪里呀？"

讨论后大家认为，可以把挖出来的泥土和石块扔到东方的海边和北方最远的地方。

有个名叫智叟的老人得知这件事后，特地来劝愚公说："你这样做太不聪明了，凭着你这有限的精力，又怎能把这两座山挖平呢？"愚公回答说："即使我死了，还有我的儿子在。儿子死了，还有孙子，孙子又生孩子，孩子又生儿子。子子孙孙是没有穷尽的，而山却不会再增高，为什么挖不平呢？"智叟听了愚公的话生气地说："你这个人太顽固了，简直无法开导。"

　　山神见愚公他们挖山不止，便向玉帝报告了这件事。玉帝被愚公的精神感动，派了两个大力神下凡，把两座山背走了。从此，不再有高山阻隔了。

解　释：比喻坚持不懈地改造自然和坚定不移地与其进行斗争。

用　法：主谓式；作主语、定语、宾语。

造　句：在困难面前我们要发扬愚公移山的精神。

近义词：锲而不舍、持之以恒

反义词：虎头蛇尾、有头无尾

谜　语：愚公移山（打一国名）

　　"愚公移山"这一成语向我们展示了一个老者坚定不移地，一定要把挡在门前的大山搬走的决心。认定一个目标，是完成一个事业的起点。有决心和信心，向着目标矢志不渝地努力，就一定能达到目标。愚公率领他的子子孙孙们，坚定不移地干下去，终于感动了玉帝，搬掉了两座大山。我们做事只要对事业充满信心，坚定不移地努力工作，是一定会创造出人间奇迹的。

谜底：巴基斯坦

064
抛砖引玉

词语档案

比来抛砖引玉，却引得个坠子。

——《景德传灯录》

唐朝有一位诗人，名叫赵嘏，诗才很高，他的"长笛一声人倚楼"的诗句，曾得到诗人杜牧的赞赏，因此人们称他为"赵倚楼"。当时还有一位诗人，名叫常建，他的诗也写得不错，但是他自己并不满意，对赵嘏的诗，却非常佩服。《历代诗话》载有他们俩的一段故事。

有一次，赵嘏到苏州去游览。常建正好在苏州，听到这个消息后非常高兴。他说："这是个好机会，千万不能错过，一定要设法让赵嘏留下几句好诗来！"但是用什么方法呢？他想：灵岩寺是苏州的一大名胜，赵嘏既到苏州，必然要去灵岩寺，如果预先在寺中写下半首诗，说不定会引起赵嘏的诗兴。

于是，常建就在灵岩寺的墙上写了两句诗。赵嘏来到灵岩寺游览时，看到墙上的诗只有两句，便提笔在后面添上了两句，组成了一首完整的诗。常建安排的计策获得了成功，用自己不太高明的两句诗，换来了赵嘏续成的精采诗一首！

有人说，常建的这个方法，可谓是"抛砖引玉"。

**解　释**：抛出砖去，引回玉来。比喻用自己不成熟的意见或作品
　　　　引出别人更好的意见或作品。

**用　法**：连动式；作谓语、定语、宾语、分句。

**造　句**：我抛砖引玉，先带头发个言，各位再发表意见。

**近义词**：引玉之砖、一得之见

**成语接龙**：抛砖引玉—玉洁冰清—清水衙门—门当户对—
　　　　　　对牛弹琴—琴棋书画—画饼充饥

启　示

　　"抛砖引玉"就是抛出砖头，引来玉石的意思。
这是一个比喻，砖可以泛指一切质次的、价值低
的或量小的事物。相对来说，玉可以指一切质优
的、价值高的或量大的事物。发表粗浅的、不成
熟的意见或者文艺作品，引出别人高明的、完美
的意见或作品，常被称为抛砖引玉。日常生活中，
这种现象很常见，是人们学习进步的一个阶梯，
大家在平时的学习中要注意借鉴使用这一方法。

065 熟能生巧

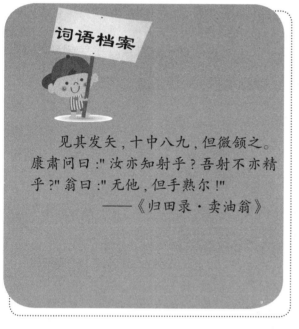

词语档案

见其发矢，十中八九，但微颔之。康肃问曰："汝亦知射乎？吾射不亦精乎？"翁曰："无他，但手熟尔！"
——《归田录·卖油翁》

北宋有个射箭能手叫陈尧咨，一天，他在家中练箭，十中八九，旁观者不禁拍手称绝，陈尧咨自己也很得意，但观众中有个卖油的老头只是略微地点点头，表现出不以为然的样子。陈尧咨很不高兴地问："你会射箭吗？你看我射得怎样？"老头很干脆地回答："我不会射箭。你射得还可以，但并没有什么奥妙，只是手法熟练罢了。"老头不屑的表情，令陈尧咨很不爽，陈尧咨很想知道这老头有什么本领，在陈尧咨的再三追问下，老头把一个铜钱盖在一个盛油的葫芦口，取勺油高高地倒向钱眼，全勺油倒光，未见钱眼外沾有一滴油。老头对陈尧咨说："我也没什么奥妙，只不过手法熟练而已。"

人们由故事中的两句话"无他，但手熟尔"和"我亦无他，唯手熟尔"引申出"熟能生巧"这个成语，说明不管做什么事情，只要勤学苦练掌握规律，就能找出许多窍门，干起来也会更加得心应手。

解　　释：熟练了，就能找到窍门。

用　　法：作主语、宾语、定语。

造　　句：计算准确在于熟能生巧。

近义词：得心应手、游刃有余

反义词：半路出家

谜　　语：熟能生巧（打一中药名）

　　"熟能生巧"这一成语告诉我们这样一个道理：任何过硬的本领都是练出来的，只要肯下功夫，勤学苦练，反复实践，就可以做到"熟能生巧"。因此，我们无论是学习文化知识，还是学习音乐、绘画、书法等，只要能做到勤学苦练，不投机取巧，就一定能学到真本领。

答案：通理通

**066 弄巧成拙**

弄巧成拙，为蛇画足。

——《拙轩颂》

北宋时期有位画家叫孙知微，擅长画人物画。一次，他画一幅《九耀星君图》。他用心地将图用笔勾好，只剩下着色最后一道工序，此画就大功告成了。恰好此时有朋友请他去喝酒，他放下笔，对弟子说："这幅画的线条我已全部画好，只剩下着色，你们着色时须小心些。"

孙知微走后，弟子们围着画，反复看老师用笔的技巧和总体构图的精妙。有人说："你看那水暖星君的神态多么逼真，长髯飘洒，不怒而威。"还有的说："菩萨脚下的祥云环绕，神姿仙态让人肃然起敬。"其中有一个叫童仁益的弟子，故作高深地说："水暖星君身边的童子神态很传神，只是他手中的水晶瓶好像少了点东西。"众弟子说："没发现少什么呀。"童仁益说："老师每次画瓶子，总要在瓶中画一枝鲜花，可这次却没有。也许是急于出门，来不及画吧，我们还是给填上吧。"

孙知微从朋友家回来，发现童子手中的瓶子生出一朵莲花，又气又笑地说："这是谁干的蠢事，若仅仅是画蛇添足倒还罢了，这简直是弄巧成拙。童子手中的瓶子，是水暖星君用来降服水怪的镇妖瓶，你们给添上莲花，把宝瓶变成了普通的花瓶，岂不成了天大的笑话。"说着，就把画撕了个粉碎。

**解　释**：本想要聪明，结果却做了蠢事。

**用　法**：联合式；作谓语。

**造　句**：他本想帮个忙，没想到却弄巧成拙。

**近义词**：画蛇添足、多此一举、画虎类犬

**反义词**：歪打正着

**成语接龙**：弄巧成拙—拙嘴笨舌—舌战群儒—儒雅风流—
　　　　　　流离失所—所向风靡—靡靡之音—音容笑貌—
　　　　　　貌合神离—离经叛道—道听途说

"弄巧成拙"这一成语告诉我们：做任何事情都不要耍小聪明，试图把事情做得好一些，结果做了蠢事或把事情弄得不可收拾。分析其中的原因，是这个人没有根据事物的特点及规律去做事情，而是根据自己的意愿凭空想象，画蛇添足，结果把事情搞乱了。在现实生活中我们切忌做这样的蠢事。

067

# 自相矛盾

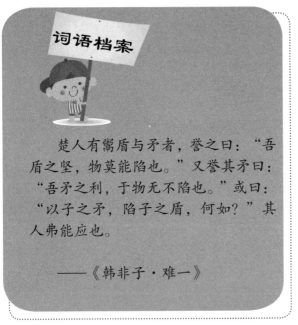

词语档案

楚人有鬻盾与矛者，誉之曰："吾盾之坚，物莫能陷也。"又誉其矛曰："吾矛之利，于物无不陷也。"或曰："以子之矛，陷子之盾，何如？"其人弗能应也。

——《韩非子·难一》

楚国有一个卖兵器的人，到市场上去卖矛和盾。

好多人都来看，他就举起他的盾，向大家夸口说："我的盾，是世界上最最坚固的，无论怎样锋利尖锐的东西也不能刺穿它！"

接着，这个卖兵器的人又拿起一支矛，大言不惭地夸起来："我的矛，是世界上最尖利的，无论怎样牢固坚实的东西也挡不住它一戳，只要一碰上，马上就会被它刺穿！"他十分得意，便大声吆喝起来："快来看呀，快来买呀，世界上最最坚固的盾和最最锋利的矛！"

这时，一个看客上前拿起一支矛，又拿起一面盾牌问道："如果用这矛去戳这盾，会怎样呢？""这——"围观的人先都一楞，突然爆发出一阵大笑，便都散了。

听了这话那个卖兵器的人，灰溜溜地扛着矛和盾走了。

解　释：矛：进攻敌人的刺击武器；盾：保护自己的盾牌。比喻
自己说话做事前后抵触。

用　法：作谓语、定语。

造　句：写作文时举例子不要自相矛盾。

近义词：格格不入

反义词：自圆其说、无懈可击、天衣无缝

谜　语：自相矛盾（打一中国地名）

自相矛盾

启　示

　　"自相矛盾"这个成语是说，一个人对同一
问题，做出截然相反的判断。一方面犯了逻辑上
的错误，另一方面也使得自己的判断没有了说服
力。我们说任何事物都存在矛盾，说话做事情要
实事求是，不能自己与自己矛盾。

谜底：开封

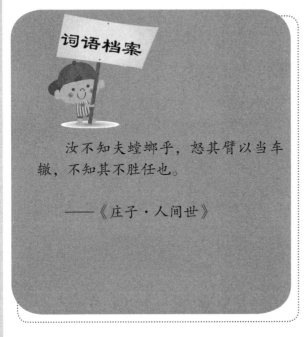

词语档案

汝不知夫螳螂乎，怒其臂以当车辙，不知其不胜任也。

——《庄子·人间世》

春秋时，鲁国有个贤人名叫颜阖，被卫国灵公请去当太子的老师。颜阖听说太子是个德行很差，而且凶狠的人。

到卫国后，颜阖先去拜访卫国贤者蘧伯玉，向他请教如何教好太子。蘧伯玉回答说，您先来问清情况是对的，有好处，但是如果你想用你的才能教好太子，这是一件很难的事，你想教好太子，这是很难达到目的的。并且说："汝不知夫螳螂乎？怒其臂以当车辙，不知其不胜任也，是其才之美者也。戒之，慎之！"

颜阖听了之后，深有感触地说：螳螂鼓起双臂来阻挡前进的车轮子，是因为它不知道自己是力不胜任的，而认为自己的这种举动是好的，是有益的。颜阖啊颜阖，虽然你的心是好的，但你的作为却像螳臂挡车一样，要慎重呀！

解　释：当：阻挡。螳螂举起前臂企图阻挡车子前进。比喻做力量做不到的事情，必然会失败。

用　法：作谓语、宾语、定语。

造　句：他真不自量力，尽做螳臂当车的事。

近义词：自不量力、泰山压卵

反义词：量力而行

成语接龙：螳臂当车—车水马龙—龙马精神—神采飞扬—扬名四海—海角天涯

这则寓言启示人们，螳螂当车是可笑的，我们在笑它不自量力的同时，也要深深地思考：螳螂的不自量力是否可以从另一个角度看作是自信，以及不计后果只知进而不知退的勇猛精神，比如，破釜沉舟等等。从这个角度看，螳螂当车的精神就显得尤其的重要和可贵了。否则，螳螂如果能量力而行，在后人眼里，就不是这个形象了。

# 069 杞人忧天

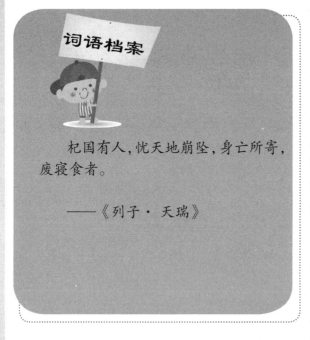

**词语档案**

杞国有人，忧天地崩坠，身亡所寄，废寝食者。

——《列子·天瑞》

从前在杞国，有一个胆子很小、而且有点神经质的人，他常常会想到一些奇怪的问题。有一天，他吃过晚饭以后，拿了一把大蒲扇，坐在门前乘凉，并且自言自语地说："假如有一天，天塌了下来，那该怎么办呢？我们岂不是无路可逃，而将活活地被压死吗？"从此以后，他几乎每天都为这个问题发愁、烦恼，朋友见他终日精神恍惚、脸色憔悴，都很替他担心。

但是，当大家知道他忧虑的原因后，都跑来劝他说："老兄啊！你何必为这件事自寻烦恼呢？天怎么会塌下来呢？再说，即使真的塌了下来，那也不是你一个人忧虑发愁就可以解决的啊，想开点吧！"

可是，无论人家怎么说，他都不相信，仍然时常为这个问题而担忧。后来的人就根据这个故事，引伸成"杞人忧天"这句成语。

解　释：杞：古时国名；忧天：担心天塌陷。一个杞国人担心天会塌下来，因此常常寝食不安。比喻不必要的或毫无根据的忧虑。

用　法：主谓式；作谓语、状语。

造　句：我们不要总是杞人忧天，自寻烦恼。

近义词：庸人自扰

反义词：无忧无虑、若无其事

相关成语：杞人忧天、杞国之忧、杞天之虑、庸人自扰

启　示

　　这则寓言写了杞人忧虑两件事：一是怕天塌下来，二是如果天塌下来，人该怎么办。正是被这两个问题不停地困扰，杞人整天忧心忡忡。后来，人们常用"杞人忧天"这个成语来形容为不必要的、无根据的忧虑而自寻烦恼。但是，如果从积极的方面看杞人忧天这件事的话，则是有另一番说法，因为杞人忧天，所以，杞人能积极地发现生活中的问题，做了许多防患于未然的事。

070

# 对牛弹琴

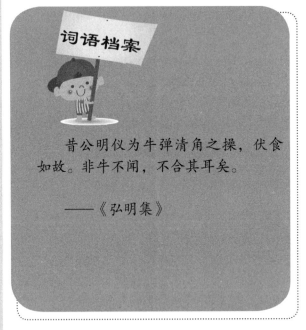

词语档案

昔公明仪为牛弹清角之操，伏食如故。非牛不闻，不合其耳矣。

——《弘明集》

战国时有一个叫公明仪的音乐家很会弹琴，他弹得一手好琴，优美的琴声常常使人如临其境。很多人都喜欢听他弹琴，每次他弹琴都会引来很多鸟儿与蝴蝶。

风和日丽的一天，他漫步郊野，只见在一片葱绿的草地上有几头牛正在低头吃草，这优美的氛围激起了他为牛弹奏一曲的欲望。

他首先弹奏了一曲高深的"清角之操"，尽管他弹得非常认真，琴声也优美极了，可是那牛依然如故，只顾着低头吃草，根本不理会这悠扬的琴声。他想不是牛不想听，而是曲调不悦耳吧？于是他又弹了一首欢快的曲子，牛依然埋头吃草不理他，公明仪拿出自己的全部本领弹琴，结果牛还是不理他。公明仪又弹了一曲通俗的乐曲，那牛听到好似牛蝇、小牛叫声的琴声后，停止了吃草，竖起了耳朵。公明仪非常失望，开始怀疑自己的琴技，路人说，不是你弹得不好，而是牛根本听不懂呀。后人把这个故事引申为对牛弹琴。

解　释：讥笑听话的人不懂对方说的是什么。用以讥笑说话的人
　　　　不看对象。

用　法：作谓语、宾语、定语。

造　句：和他讲道理简直是对牛弹琴。

近义词：对牛鼓簧、白费口舌

反义词：对症下药、有的放矢

谜　语：对牛弹琴（打一电影名）

成语"对牛弹琴"讽刺的是弹琴者不看对象，
白费劲的事儿。也就是说弹琴者由于没有认识到
牛听不懂音乐这件事，即使演奏了不同风格的曲
子，牛也听不懂。反过来说，如果弹琴者认识到
了牛不懂音乐这个道理，而不对它做无用功，岂
不更省时省力。但从另一个角度说，弹琴者通过
多次尝试，还是找到了牛能听得懂的"曲子"，
这难道不是一件令人惊喜的发现吗？当今科学已
证明：定时给奶牛放音乐，能使奶牛的产奶量增多。

对牛弹琴

程度：王国

## 071 滥竽充数

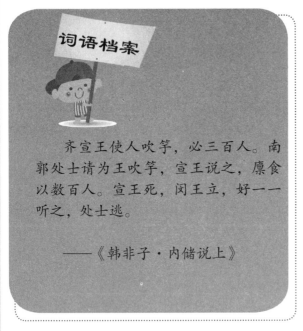

词语档案

齐宣王使人吹竽，必三百人。南郭处士请为王吹竽，宣王说之，廪食以数百人。宣王死，闵王立，好一一听之，处士逃。

——《韩非子·内储说上》

战国时，齐国有一位喜欢寻欢作乐的国君叫齐宣王。他派人到处寻找能吹善奏的乐工，组成了一支规模很大的乐队。齐宣王尤其爱听用竽吹奏的音乐，每次演出的场面都要集中三百名乐工一起吹。

有个游手好闲、不务正业的南郭先生，知道齐宣王乐队的待遇很优厚，就一心想混进这个乐队。可是他根本不会吹竽，他想齐宣王喜欢所有的乐工一起演奏，自己若是混在里头，装装样子，充充数，谁能看得出来呢！

南郭先生千方百计地加入了这支乐队。每当乐队演奏时，他就学着别人的样子东摇西晃，有模有样地"吹奏"。由于他学得维妙维肖，好几年过去了，居然没露出破绽。

齐宣王去世后，他的儿子齐泯王继承王位。齐闵王和他的父王一样，也喜欢听竽。但是他却不喜欢合奏，而爱听独奏。他要求乐工们一个个独奏给他听。这下子，充数的南郭先生可紧张了，他的心里七上八下的，眼看就要露出马脚了，欺君犯上的罪名他可担当不起啊！只好赶紧收拾行李，慌慌张张地溜走了。

解　释：滥：失实的，假的。不会吹竽的人混在吹竽的队伍里充数。

　　　　比喻无本领的冒充有本领的，次货冒充好货。

用　法：作谓语、定语。

造　句：每一个人都要技术过关，不能滥竽充数。

近义词：名不副实、掩人耳目、鱼目混珠

反义词：货真价实、名副其实

谜　语：滥竽充数（打一电视剧名）

　　这个成语从几个方面给我们以启示：从南郭先生的角度，不要浑水摸鱼，要凭自己的本事来干好每一件事；从齐宣王的角度，不应该给像南郭先生这样不学无术的人提供机会；从齐闵王的角度，领导人或管理者在用人时应一一明察每个人的本领，量才录用，这样才不会有滥竽充数的人存在。

谜底：真假美猴王

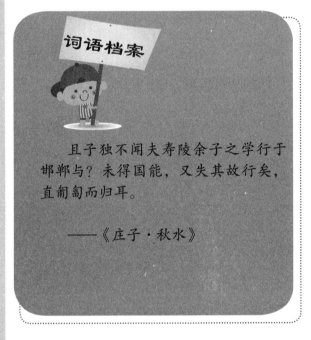

词语档案

且子独不闻夫寿陵余子之学行于邯郸与？未得国能，又失其故行矣，直匍匐而归耳。

——《庄子·秋水》

相传在两千多年前，燕国有一位少年缺乏自信，经常无缘无故地感到事事不如人，总觉得低人一等。他见什么学什么，学一样丢一样，虽然花样不断翻新，却始终不能做好一件事，不知道自己应该是什么模样。

有一天，他在路上听说邯郸人走路姿势很优美，他怎么也想象不出来，这成了他的一块心病。终于有一天，他备足了干粮，跋山涉水，来到了邯郸。

每天，他都站在邯郸繁华的街市上看人走路。邯郸人走路虽然好看，却也各有特点：小孩子蹦蹦跳跳，大姑娘轻盈飘逸，小伙子步伐矫健，老大爷步子稳重。他一会儿观察这个人的走路姿势，跟在后面走几步；一会儿又琢磨那个人的走路特点，跟在后面学几步。学来学去，一个也没学好。

他一连学了几个月，不但没有学会邯郸人的走路姿势，而且把自己原来走路的步法也忘掉了。人们都说他"邯郸学步，越学越差"。后来，他的钱用光了，不得不返回家乡。此时他已经不会走路了。

解　释：邯郸：战国时赵国的都城。学步：学习走路。比喻一味地模仿别人，不仅没学到本事，反把原来自己会的东西忘了。

用　法：偏正式；作谓语、宾语。

造　句：写作文不能照搬范文，像邯郸学步那样。

近义词：鹦鹉学舌、东施效颦、照猫画虎、生搬硬套、亦步亦趋

反义词：标新立异、独辟蹊径、择善而从

谜　语：邯郸学步（打一法律词语）

启　示

　　"邯郸学步"是一个关于学习别人走路的故事。勤于向别人学习是应该肯定的，但是一定要从自己的实际出发，取人之长，补己之短。如果像燕国少年那样盲目地崇拜别人，生搬硬套，亦步亦趋，结果必然是人家的优点没学来，自己的长处却丢光了。

谜底：生人勿近

# 073 东施效颦

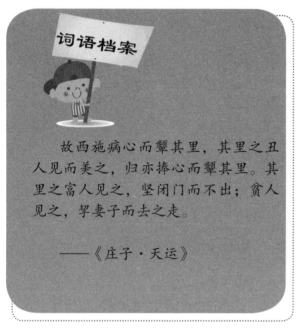

词语档案

　　故西施病心而颦其里，其里之丑人见而美之，归亦捧心而颦其里。其里之富人见之，坚闭门而不出；贫人见之，挈妻子而去之走。

——《庄子·天运》

　　西施是中国历史上的"四大美女"之一，是春秋时期越国人，她的一举一动都十分动人，只可惜她的身体不好，有心痛的毛病。

　　有一次，她在河边洗完衣服准备回家，就在回家的路上，突然感到胸口疼痛，所以她就用手扶住胸口，皱起了眉头。虽然她的样子非常难受，但是见到的村民们却都称赞，说她这时比平时更美丽。

　　同村有位名叫东施的女孩儿，因为她的长相不好，她看到村里的人都夸赞西施用手扶住胸口、皱着眉头的样子很美丽，于是也学着西施的样子扶住胸口、皱着眉头，在人们面前慢慢地走动，以为这样就会有人称赞她。她本来就长得很丑，再加上刻意模仿西施的动作，装腔作势的样子，让人更加厌恶。有些人看到之后，赶紧关上大门，有些人则是急忙拉着孩子躲得远远的，他们比以前更加瞧不起东施了！

解　释：效：仿效；颦：皱眉头。比喻胡乱地模仿，效果极坏。

用　法：主谓式；作谓语、宾语、定语。

造　句：她的表演很做作，有点东施效颦。

近义词：邯郸学步、照猫画虎、生搬硬套、亦步亦趋

反义词：独辟蹊径、标新立异、择善而从

谜　语：东施效颦（打一成语）

"东施效颦"这一成语说明了内心美比外表美更重要的道理。一个人的美丽不是因为外貌，而是在于心灵。当我们的外貌不佳时，要注重加强内涵修养，而不是整天想着怎么使自己更漂亮；当我们的外貌娇好时，也不要自满，需知花虽美，总有凋谢的一天。因此，我们不应该学习东施那种只注重外表美的思想，要努力加强自己的内在修养。

谜底：相形见绌

# 074

# 螳螂捕蝉，黄雀在后

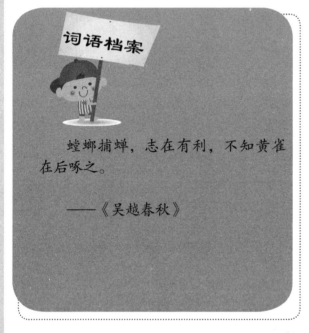

词语档案

螳螂捕蝉，志在有利，不知黄雀在后啄之。

——《吴越春秋》

春秋战国时期，吴王准备出兵攻打楚国，却遭到了众大臣的反对。但是，固执的吴王并没有听众大臣的劝说，而且还下了命令："谁敢来劝阻我，我就处死谁！"

有一位侍奉吴王的少年，听了众大臣的议论之后，也想劝劝吴王，但是，吴王已经下了死命令。怎么办呢？

第二天清晨，少年拿着一只弹弓在后花园里转来转去，露水打湿了他的衣服。吴王问："你一早就来到后花园干什么？你的衣裳都被露水打湿了！"少年回答道："禀报大王，我在打鸟。""你打到鸟了吗？""没有，不过我发现了一件有趣的事！""哦？什么事呢？说来听听。"少年说："花园里有一棵树，树上有一只蝉，这只蝉在自由自在地喝着露水，它却不知道后面有一只螳螂正准备把它当成美餐。但，螳螂也不知道，同时一只黄雀也在虎视眈眈地盯着它。"吴王夸奖道："你观察得真仔细，那黄雀是要抓螳螂吗？""是的，黄雀正要去吃螳螂，却不知道我拿着弹弓正瞄准它呢！蝉、螳螂、黄雀，它们都一心想得到眼前的利益，却没顾及到自己身边埋伏的祸患！"吴王听后恍然大悟,连声说道:"对,对,你讲得太有道理了,我决定不攻打楚国了"。

解　释:蝉:知了。螳螂捉蝉,不知潜在的危险。比喻目光短浅。

用　法:作宾语、定语。

造　句:小偷正在公共汽车上作案,岂料被便衣逮个正着,应了句古话:螳螂捕蝉,黄雀在后。

近义词:鼠目寸光、急功近利

反义词:瞻前顾后

含有"鸟"的成语:一石二鸟、鸠占鹊巢、凤毛麟角、凤凰于飞、鸢飞鱼跃、鸦雀无声、鸿鹄之志

启 示

　　这个故事提示我们做事要顾全大局,善于听取别人的意见,三思而后行。最重要的是,做事不仅要想到眼前利益,还要顾及到自己身边的隐患,如果像蝉、螳螂、黄雀那样,敌人就有可能趁它们享受快乐时,一举把它们消灭了。所以,做事情的时候要站得高,看得远。同时还要瞻前顾后!

# 075

## 手不释卷

词语档案

光武当兵马之务，手不释卷。

——《三国志·吴书·吕蒙传》

三国时，吴国的大将吕蒙自幼从军，读书很少。孙权见他年轻有为，而且身居要职，劝他要多读一些书以增长知识。吕蒙想：读书是文人学者的事，领兵打仗的人只要能打胜仗就行了，读书有什么用呢？便推托道："军营中事情太忙，没有时间读书。"

孙权听了，很严肃地跟他谈了半天，"你说事情多，难道比我还忙吗？我在少年时代，就曾读过一些经书，后来主持国家军政大计，又在百忙之中陆续读了一些历史和兵法书籍，我觉得很有长进，对工作也很有益处。像你这样的青年，聪明、记性好，如果认真读书，特别是多读一些历史和兵法方面的书，一定能够取得更大的成就。"孙权还说："光武帝刘秀领兵打仗时都手不释卷，曹孟德尽管老了仍不断地学习，你为什么不能自求上进呢？"

吕蒙听了很受感动，从此勤奋读书，努力自学，提高得很快。

解　释：释：放下；卷：书籍。书本不离手。形容勤奋好学。

用　法：作谓语、宾语、状语。

造　句：小明特别喜欢读书，整天手不释卷。

近义词：学而不厌、爱不释手

反义词：不学无术

谜　语：手不释卷（打一书名）

启　示

　　吕蒙在繁忙的军务中拼命地挤出时间来读书，这种精神是难能可贵的，是值得我们学习的。我们一定要学习吕蒙，以吕蒙为榜样，多读书、善读书、读好书、多积累。在读书的过程中要注意，不能浅尝辄止，而要读到骨子和精神里去，学习如果像走马观花、蜻蜓点水那样，稍学了点东西，或偶有点收获，便以为"得矣得矣"，其结果往往是什么也没学会。

图片：昵图网

076
四面楚歌

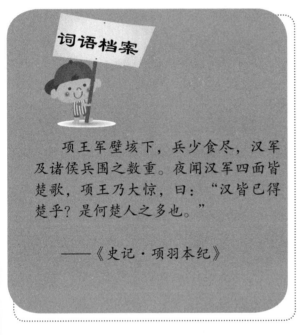

词语档案

项王军壁垓下，兵少食尽，汉军及诸侯兵围之数重。夜闻汉军四面皆楚歌，项王乃大惊，曰："汉皆已得楚乎？是何楚人之多也。"

——《史记·项羽本纪》

项羽和刘邦原来约定以鸿沟（今河南荣县贾鲁河）为界限，互不侵犯。

后来刘邦听从张良和陈平的劝告，觉得应该趁项羽衰弱的时候消灭他，就和韩信、彭越、刘贾会合兵力，追击正在向东开往彭城（今江苏徐州）的项羽的部队。终于在布置了几层兵力之后，把项羽紧紧围在垓下（今安徽灵璧县东南）。

这时，项羽手下的士兵已经不多了，粮食也没有了。夜里听见四面围住他的军队都唱起楚地的民歌，他非常吃惊地说："刘邦已经得到楚地了吗？为什么他的部队里面楚人那么多呢？"说着，心里已丧失了斗志，便从床上爬起来，在营帐里面喝酒，并和他最宠爱的妃子虞姬一同唱歌。唱完后，项羽一直落泪，在一旁的人也非常难过。虞姬自刎于项羽的马前，项羽英雄末路，带了仅剩的兵卒到乌江，自刎于江边。

解　释：比喻陷入四面受敌、孤立无援的境地。

用　法：主谓式；作定语。

造　句：国民党已经处于四面楚歌的境地。

近义词：腹背受敌、山穷水尽

反义词：安然无恙、旗开得胜

谜　语：四面楚歌（打一电影名）

　　这个成语向人们讲述了这样一个故事：项羽听见四周唱起楚歌，感到非常吃惊，接着自刎于江边。后来人就用"四面楚歌"这句成语形容人们在遭受各方面打击或逼迫的环境下，而陷入孤立窘迫的境地。凡是陷入此种境地的人，其命运是很悲惨的。比如，现实生活中某人因经常与坏人为伍，游手好闲，后来被那些坏人逼迫得无以为生，而当他求助于别人时，别人又因他平日行为太坏，没有人同情理睬他，这人就处于"四面楚歌"的境地。

谜底：楚留香

**077**

# 围魏救赵

词语档案

是我一举解赵之围而收弊于魏也。

——《史记·孙子吴起列传》

公元前353年，魏惠王派大将庞涓带兵攻打赵国，魏军团团围住了赵都邯郸，情况非常危急。赵国的国君派使者到齐国去求援，齐国的国君立刻派田忌为大将、孙膑为军师，发兵去救赵国。田忌打仗非常勇敢，但智谋不足，又是个急性子，奉命之后，便想立刻赶到邯郸去与魏兵厮杀，可孙膑却不同意。他一面派军队包围了魏都，一面带齐国的大军到桂陵驻扎，一到桂陵，孙膑便叫田忌下令停下来。孙膑说，当魏军从邯郸往回撤的时候，一定要经过桂陵，因此，应该在此设下埋伏，布下阵局，一举歼灭魏军。田忌依照孙膑的计谋，很快把军队埋伏下来，同时散布齐兵要攻打大梁的军情。这个消息很快被庞涓知道了，他立刻命令从赵国退兵救大梁。魏军久围邯郸，已经非常疲惫，庞涓救大梁心切，开始急行军，这更使魏军疲惫不堪。魏军进入齐兵埋伏的桂陵地带时，齐军从路的两侧一齐奋勇杀出。由于突遭袭击，疲惫不堪的魏军抵挡不住，他们战死的战死，受伤的受伤，不多时，魏军大败，齐军大胜而归。孙膑、田忌这一仗打得好漂亮！既为邯郸解了围，又教训了魏国。

解　　释：原指战国时齐军用围攻魏国的方法，迫使魏国撤回攻打
　　　　　赵国的军队，从而使赵国得救。后指袭击敌人后方的据
　　　　　点以迫使进攻之敌撤退的战术。

用　　法：连动式；作谓语、宾语、定语。

造　　句：即使用围魏救赵之计，也来不及解决此处的危机。

近义词：声东击西、围城打援

谜　　语：围魏救赵（打一书画摄影词语）

“围魏救赵”的故事向我们揭示了这样一个
道理：任何事物之间都是相互制约的，看问题不
能就事论事或只注意显露的因素，而要抓住问题
的关键和要害。孙膑去救赵国，却不直接出兵，
而是把魏国团团围住，魏国见到都城被围，慌忙
撤了攻打赵国的军队回国。在归途中，魏军被杀
得丢盔弃甲，几乎全军覆没。这是一个典型的孙
子兵法之实例。

谜底：分解图

**以貌取人**

词语档案

吾以言取人，失之宰予；以貌取人，失之子羽。

——《史记·仲尼弟子列传》

孔子有许许多多弟子，其中有一个名叫宰予的，能说会道，利口善辩。他给孔子的印象不错，但后来却渐渐地露出了本质：宰予既无仁德又十分懒惰；大白天不读书听讲，躺在床上睡大觉，气得孔子骂他是"朽木不可雕也"。

孔子的另一个弟子，叫澹台灭明，字子羽，是鲁国人，比孔子小三十九岁。子羽的体态和相貌很丑陋，孔子最初对他的印象不好，认为他资质低下，不会成才。但是他从师后，回去就致力于修身实践，处事光明正大，不走邪路；不是为了公事，从不去会见公卿大夫。后来，他游历到长江，跟随他的弟子有三百人，声誉很高，各诸侯国到处都传诵他的名字。

孔子听说了这件事，感慨地说："我只凭言辞判断一个人品质能力的好坏，结果对宰予的判断就错了；我只凭相貌判断一个人品质能力的好坏，结果对子羽的判断又错了。

解　释：根据外貌来判别一个人的品质和才能。

用　法：偏正式；作谓语、定语、宾语。

造　句：我们判断一个人的好坏时不能以貌取人。

近义词：任人唯亲

反义词：量才录用

谜　语：以貌取人（打一中国地名）

人们看事物的时候，容易被表面现象所迷惑，根据表面现象做出好坏、善恶的判断，这种做法是错误的。猫头鹰的样子不招人喜欢，叫声凄厉，被人视做"不祥鸟"，但它却是益鸟；蝴蝶艳丽多姿，翩翩起舞，招人喜爱，但是它却是害虫。所以，我们看问题时不能仅从表面出发，而是应该进行深入地分析。

## 079 指鹿为马

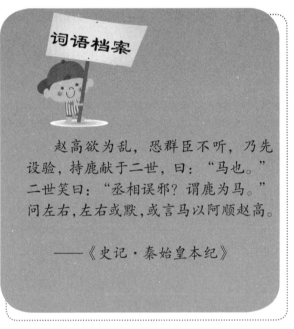

词语档案

赵高欲为乱，恐群臣不听，乃先设验，持鹿献于二世，曰："马也。"二世笑曰："丞相误邪？谓鹿为马。"问左右，左右或默，或言马以阿顺赵高。

——《史记·秦始皇本纪》

秦二世时，丞相赵高野心勃勃，日夜盘算着要篡权。可大臣中究竟有多少人能听从他的摆布，有多少人反对他，他心中没底。于是，他想了一个办法，摸清反对他的人。

一天上朝时，赵高让人牵来一只鹿，满脸堆笑地对秦二世说："陛下，我献给您一匹好马。"秦二世一看，心想：这哪里是马，这分明是一只鹿嘛！便笑着对赵高说："丞相搞错了，这是一只鹿，你怎么说是马呢？"赵高面不改色心不跳地说："请陛下看清楚，这的确是一匹马。"秦二世又看了看那只鹿，将信将疑地说："马的头上怎么会长角呢？"赵高一转身，用手指着众大臣，说："陛下如果不信我的话，可以问问众位大臣。"大臣们都被赵高搞得不知所措，当看到赵高脸上露出阴险的笑容，两只眼睛骨碌碌轮流盯着每个人的时候，大臣们忽然明白了他的用意。

一些胆小又有正义感的人都低下了头，不敢说话；有些正直的人，坚持认为不是马；还有一些平时就紧跟赵高的奸佞之人立刻表示拥护赵高的说法，对皇上说，"这的确是一匹千里马！"事后，赵高通过各种手段把那些不顺从自己的正直大臣纷纷治罪。

**解　释**：指着鹿，说是马。比喻故意颠倒黑白，混淆是非。

**用　法**：兼语式；作谓语、宾语、定语。

**造　句**：在是非面前，不能指鹿为马。

**近义词**：混淆是非、颠倒黑白

**谜　语**：设指鹿为马之计（打一象棋术语）

指鹿为马

这一成语为我们展示了这样一幅画面：位高权重的赵高，把鹿说成马，以此来验证大臣对他的忠诚度，最终将那些不顺从自己的正直大臣治罪，甚至满门抄斩。一些胆小又有正义感的人不敢说话，一些奸佞之人立刻附和赵高的说法。从这个成语中我们认识了形形色色的人：正直之人、奸佞之人、胆小之人。大家换位思考一下：如果把你放到当时的情境中，你会怎么做呢？

谜底：送卒过河

# 080

# 呕心沥血

**词语档案**

是儿要当呕出心乃已尔。

——《李长吉小传》

刳肝以为纸，沥血以书辞。

——《过彭城》

唐朝时有一个叫李贺的诗人，有"神童"之名。他长大后，上京参加进士考试，由于文士们嫉妒他的才情，因此在考试过程中受到种种排挤，结果落第，从此对功名冷淡，专心于吟诗作文。

他作诗，不先立题目，每天一早骑着一匹瘦马，叫书童背了锦囊（丝织的手袋）跟在后面，遇到好的题材，便写成诗句，放在锦囊里，回到家里，才把它整理成佳篇。

李贺身体向来不好，他母亲见他天天从早到晚不停地奔波，十分担心，所以每天查看他的锦囊，若是见到诗句太多，便忍不住责骂他："你这孩子如此下去，终有一天要连心血都呕出来！"唐宪宗时期，李贺做了协律郎（调和乐器音律的官），据说某日白天他见到一个穿红衣的人拿了一块板，板上写着："上帝成白玉楼，召群作记。"意思是："上帝建成了一座白玉楼，召你去写一篇记"便死了，那时他只二十七岁！

后人便根据这个故事中李贺母亲所说的话，演化为"呕心沥血"一句成语，用来比喻做一件事情冥思苦想，用尽心血。

**解　释**：呕：吐；沥：一滴一滴。比喻用尽心思，多形容为事业、工作、文艺创作等用心良苦。

**用　法**：作谓语、定语、状语。

**造　句**：他工作呕心沥血，兢兢业业。

**近义词**：煞费苦心、挖空心思

**反义词**：无所用心、粗制滥造

**成语接龙**：呕心沥血 – 血口喷人 – 人山人海 – 海纳百川

"呕心沥血"向我们讲述了李贺作诗的过程：他每次外出游历，总是骑一匹瘦弱的马，背一个锦囊，遇到好题材，吟得佳句，就赶紧记下来投入锦囊中，回家后再加工整理。其母亲看见后心疼地说："你这孩子简直是要把心都呕出来，才肯罢休呀！"的确，李贺把自己全部的心力都倾注在诗歌创作中。"天若有情天亦老"、"雄鸡一声天下白"，这些历代传诵的佳句，都是他呕尽心血的结晶。

**081 出奇制胜**

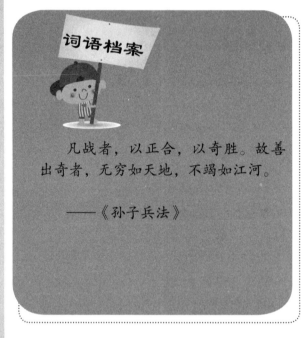

词语档案

凡战者，以正合，以奇胜。故善出奇者，无穷如天地，不竭如江河。

——《孙子兵法》

齐泯王是一个骄傲、喜欢享乐的人，而齐国的百姓却生活得很苦。齐国的邻国——燕国联合另外几个国家一同进攻齐国。齐国百姓恨透了齐泯王，因此都无心抗敌，士气非常低落。后来，他们看到燕兵奸淫掳掠，想到国仇家恨无法完成，心里非常难过，于是逃往莒城和即墨誓死抵抗。

燕军攻了几年，一直都没有攻下莒城，只好转攻即墨城。即墨城中的守军知道大将田单是位足智多谋的勇士，于是就推举他为守城的大将军。聪明的田单想出了一个新的计谋，叫"火牛阵"。他先叫城内的商人，拿着金银珠宝偷偷送到燕军将领手中，说："即墨城的守军兵力不够快要投降了，这些珠宝献给你们，请求您入城之后千万别杀我们！"燕军一听，以为即墨城里的官兵已经准备投降了，就放松了警戒。

没想到田单从城里找来一千多头牛，并且将这些牛都披上五彩龙纹衣，双角上绑着尖刀，尾巴上绑着草，在一个月黑风高的夜晚，将牛尾巴上的草点燃，牛被火烫到之后，拼命地往前跑。燕军从睡梦中惊醒，看到一大群五彩怪兽，吓得惊惶失措，四处乱逃，田单乘胜追击，收复了被燕军占领的七十多个城邑。

**解　　释**：出奇兵战胜敌人。比喻用对方意料不到的方法取得胜利。

**用　　法**：连动式；作谓语、宾语、定语。

**造　　句**：他出奇制胜地走了一步棋，他赢了。

**近义词**：六出奇计

**反义词**：按兵不动

**谜　　语**：出奇制胜（打一商品名）

## 启　示

　　"出奇制胜"的故事告诉我们：做事情换一种思维，也许会达到意想不到的效果。正是由于田单想出了一个"火牛阵"的计谋，所以才取得了胜利。我们在日常生活中，如果遇到困难，不妨从多个角度寻找"奇招"，这或许会打破僵局。所以，我们要出奇制胜，不要拘泥于形式，有些事情换一个想法会有另一番天地！

谜底：巧克力

词语档案

飞鸟尽，良弓藏；狡兔死，走狗烹。

——《史记·越王勾践世家》

春秋时期，吴越之间经常起争端。起初，吴国打败了越国。越王勾践为了报仇卧薪尝胆，经过十年的努力终于打败了吴国。辅助越王勾践报仇雪恨的有两个人，一个是范蠡，还有一个是文种。勾践在灭掉吴国后，要拜范蠡为上将军，文种为丞相。但是范蠡不仅不接受封赏，还执意要离国远去。他不顾勾践的再三挽留，离开越国，隐居齐国。范蠡离开后，惦记着好友文种，派人悄悄送了一封信给文种，在信上告诉他：你也赶快离开吧，我们的任务已经完成了。勾践心胸狭窄，只可与他共患难，不能同他共富贵。你要记住："飞鸟尽，良弓藏，狡兔死，走狗烹。"

但是，文种不相信越王会加害自己，坚持不肯走，还回信说："我立下这么大的功劳，正是该享受的时候，怎么能离开呢？"果然在文种当丞相不久，勾践就给他送来一把剑，同时带了一句话：先生教给寡人七种灭吴的办法，寡人只用了三种，就把吴国给灭了，还剩下四种没有用，就请先生带给先王吧。文种一听，就明白了，后悔当初没有听范蠡的话，无奈之下只好举剑自杀了。

解　释：烹：烧煮。兔子死了，猎狗就被人烹食。比喻给统治者效劳的人事成后被抛弃或杀掉。

用　法：作谓语、定语。

造　句：对为公司发展出过力的人不能兔死狗烹。

近义词：卸磨杀驴、鸟尽弓藏

反义词：感恩戴德、始终不渝

含有"兔"的成语：兔死狐悲、狡兔三窟、狼奔兔脱、动如脱兔、兔死犬饥、东兔西乌、犬兔俱毙

启　示

　　"兔死狗烹"这个成语告诉我们：兔子和狗的命运是一样的——死。范蠡功成身退，保全了性命，这是因为他看到越王是一个只能共患难、不能共享乐的人。我国古代这样的例子不少，宋太祖赵匡胤通过杯酒释兵权的方法，解除了开国元勋的兵权，在解除武将兵权后，赵匡胤的心里踏实了，可是，被他解除兵权的人心里自然就会产生一种兔死狗烹的悲伤心理。

083 孺子可教

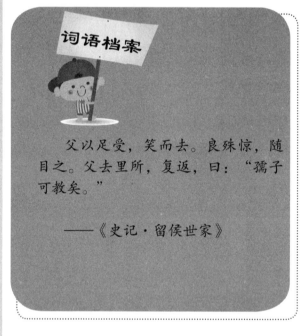

词语档案

父以足受，笑而去。良殊惊，随目之。父去里所，复返，曰："孺子可教矣。"

——《史记·留侯世家》

古时候有个人名叫张良，是汉朝的政治家。

有一天，张良出门散步，走到一座桥头时，见一位老人坐在那里。老人见张良走来，把一只鞋子扔到桥下，对张良说："年轻人，我的鞋子掉到桥下了，去给我拣上来吧。"张良先是一愣，他怎么能命令我呢？又一想，他这么大年龄了，就没和他计较，到桥下把鞋子给拣了上来。老人把脚一伸，又说："给我穿上！"张良心里想：这个老人真是得寸进尺啊。于是张良跪下来给他穿鞋。老人穿上鞋，站了起来，看了一眼张良就走了。老人走了几步，转过身，对张良说："你这个年轻人还算懂事，是可以培养教育的，五天后，你在天亮时，到这里来见我。"

第五天张良一大早就来到桥头，只见老人已经来了，老人表现出生气的样子说："你这个年轻人比我这个老头来得还晚，过五天再来找我。"又过了五天，天还没亮，张良就来到桥头，这次老人又先到了。老人再次责备他，让张良五天后再来。又过了五天，张良半夜就来到桥头，张良等了一会，老人提着灯笼来了。老人见张良说："年轻人就应该是这样。"之后，将一本《太公兵法》送给了张良。此后，张良反复研读，终于帮助刘邦打败了秦王朝，建立了汉朝。张良也成为了开国功臣。

解　释：孺子：小孩子；教：教诲。小孩子是可以教诲的，后形容年轻人有出息，可以造就。

用　法：主谓式；作谓语、宾语、定语。

造　句：这个孩子有前途，孺子可教呀！

反义词：朽木难雕

谜　语：孺子可教（打一成语）

　　这个故事引出了"孺子可教"这一成语，说明只有谦虚好学、尊重别人的人才会得到他人的垂青，才会把知识或本领传授给他，相反狂傲的人是没有人理睬他的。张良用他自己的一言一行，赢得了老者对他的肯定，送给了他一本《太公兵法》，张良研读《太公兵法》很有成效，成了汉高祖刘邦手下的重要谋士，为刘邦建立汉朝立下了汗马功劳。

谜底：孺化小儿

# 084 不入虎穴，焉得虎子

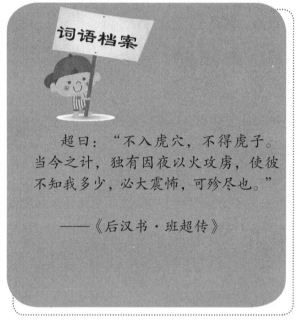

词语档案

超曰："不入虎穴，不得虎子。当今之计，独有因夜以火攻虏，使彼不知我多少，必大震怖，可殄尽也。"

——《后汉书·班超传》

东汉时，汉明帝派班超到新疆去和鄯善王交朋友。班超带着一队人马，不怕山高路远，千里迢迢终于来到了新疆。鄯善王听说班超出使西域，亲自出城迎候，把班超奉为上宾。班超说明来意后，鄯善王很高兴。

过了几天，匈奴也派使者来和鄯善王联络感情。鄯善王热情地款待了他们。匈奴人在鄯善王面前，说了东汉许多坏话。鄯善王顿时黯然神伤，心绪不安。第二天，他拒不接见班超，态度十分冷淡，甚至派兵监视班超。班超立刻召集大家商量对策，班超说："只有除掉匈奴使者才能消除主人的疑虑，两国才能和好。"可是班超他们人马不多，而匈奴兵强马壮，防守又严密，怎么才能取胜呢？

班超说："不入虎穴，焉得虎子！"这天深夜，班超带领士兵潜到匈奴营地。他们兵分两路，一路拿着战鼓躲在营地后面，一路手执弓箭刀枪埋伏在营地两旁。他们一面放火烧帐篷，一面击鼓呐喊。匈奴人大乱，结果不是被大火烧死，就是乱箭射死。

鄯善王明白真相后，便和班超言归于好。

解　释：不进老虎洞，就捉不到小老虎。比喻不冒险进入危险境地，
　　　　就不能取得必须的成果。

用　法：作宾语、分句。

造　句：不入虎穴，焉得虎子，我们还得亲自去一趟。

近义词：不探虎穴，不得虎子

含有"不入"的成语：刀枪不入、格格不入、过门不入、
　　　　龃龉不入、篱牢犬不入、三过家门而不入

人们根据这个故事，引申为"不入虎穴，焉
得虎子"这个成语，用来说明人们做事，如果不
下决心，不身历险境，不经过艰苦的努力，是不
能达到目的的。例如，有的科学家为研究利用冰
川化水灌溉农田的可能性，就要到冰山实地考察
和实验。这是一件危险而艰辛的工作，但他们如
果不实地去考察研究，便不能得到真实的结果。
这种情况，便可以说是："不入虎穴，焉得虎子"。

不入虎穴·焉得虎子

# 085 画龙点睛

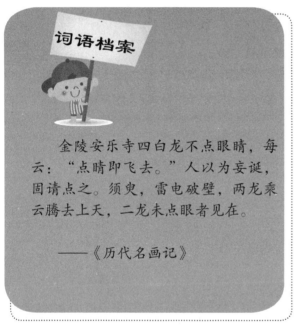

词语档案

金陵安乐寺四白龙不点眼睛，每云："点睛即飞去。"人以为妄诞，固请点之。须臾，雷电破壁，两龙乘云腾去上天，二龙未点眼者见在。

——《历代名画记》

古时候，有个画家叫张僧繇，他的画活灵活现，画的东西跟真的一模一样，甚至有人说他画的动物真的能活起来。

有一次，他到一个地方去游览，兴趣来了，就在寺庙的墙壁上面画了四条龙，可是没有画眼睛。有人问他："你为什么不画龙的眼睛呢？"他回答说："眼睛是龙的精髓，只要画上眼睛，龙就会飞走的。"大家不相信，哈哈大笑起来，有的人认为他在吹牛，有的还说他是个疯子。为了让大家相信，他提起画笔，运足了气力，刚给两条龙点上眼睛，立刻乌云滚滚而来，电闪雷鸣，两条蛟龙腾空而起，人们惊得目瞪口呆，全都傻了眼。

后人用"画龙点睛"这个成语来比喻讲话或写文章时，一两句关键的话会使它们立刻生动起来。

解　释：原形容梁代画家张僧繇作画的神妙。后多比喻写文章或话时，在关键处用几句话点明实质，使内容生动有力。

用　法：作主语、谓语、定语、状语。

造　句：写文章要有中心，这就好比画龙点睛。

近义词：锦上添花、点石成金

反义词：弄巧成拙、画蛇添足、点金成铁

谜　语：画龙点睛之妙（打一商业词语）

成语"画龙点睛"比喻说话或做事关键部位处理得好，就会使整体效果更加传神。张僧繇画龙开始的时候没画眼睛，当他给龙画上眼睛后，龙就飞走了，形容他画得龙传神。一篇文章的中心就是这篇文章的点睛之笔，如果没有了这个点睛之笔，文章就没了生机、没了精神。这就是画龙点睛的作用。

谜底：一画千金

# 086 磨杵成针

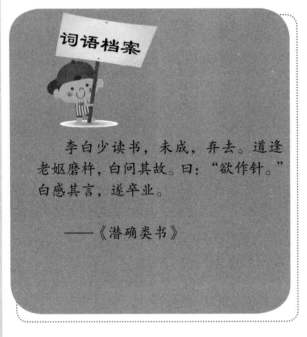

词语档案

　　李白少读书，未成，弃去。道逢老妪磨杵，白问其故。曰："欲作针。"白感其言，遂卒业。

　　　　——《潜确类书》

　　李白是唐代的大诗人，但是他小时候读书并不用功。

　　有一天，他读书读到一半，就不耐烦了："这么厚的一本书，什么时候才能读完啊！"于是，他把书一扔就溜出去玩了。

　　李白快乐地跑着，忽然，他看见一位老奶奶正在磨刀石上用力地磨着一根铁棒。李白觉得很奇怪，便蹲了下来，傻傻地看了好一阵。老奶奶也不理他，只是全神贯注地磨着。后来，李白忍不住地问道："奶奶，您这是干什么呢？""我在磨一根针来缝衣服。"老奶奶头也不抬地说。"磨针？"李白更加奇怪了，"这么粗的一根铁棒怎么能磨成针？"老奶奶这才抬起头来说："孩子，铁棒再粗，我天天磨，难道还怕它磨不成一根针吗？"李白听了，恍然大悟，"对呀！只要有恒心，再难的事情也能做成功，读书不也是这样吗？"

　　于是，他立刻转身跑回家，拾起书本，专心地读起来。从此他不再偷懒了，后来他终于成为中国历史上一位伟大的诗人。

解　释：把铁棒磨成了针。比喻做任何艰难的工作，只要有毅力，下苦功，就能够克服困难，做出成绩。

用　法：作谓语、定语。

造　句：我们应该拿出磨杵成针的精神刻苦学习。

近义词：铁杵磨成针、功到自然成

反义词：三天打鱼，两天晒网

谚　语：只要功夫深，铁杵磨成针

## 启　示

　　"磨杵成针"就是把铁杵磨成针，这个成语比喻只要有恒心，有毅力，再难的事情也能做成！你能想像把一根铁杵磨成细针，需要花费多少时间、多少精力，需要多大的毅力吗？现在有许多同学，在学习的过程中缺乏这种持之以恒的精神，没有耐心和毅力，遇到困难或阻力就轻言放弃，这种态度是学不好任何东西的，更别提把铁杵磨成针了。

087 半途而废

词语档案

君子遵道而行，半途而废，吾弗难已矣。

——《礼记·中庸》

东汉时有一位贤慧的女子，人们都不知道她叫什么名字，只知道她是乐羊子的妻子。

一天，乐羊子在路上拾到一块金子，回家后把它交给了妻子。妻子说："我听说有志向的人不喝盗泉的水，也不吃别人施舍的食物，更不会拾取别人失去的乐西。因为这样会玷污他的品行。"乐羊子听了妻子的话，感到非常惭愧，于是就把那块金子扔到野外，然后到远方去寻师求学。

一年后，乐羊子归来。妻子问他为何回家，乐羊子说："出门时间长了想家。"妻子听罢，操起一把刀走到织布机前说："这机上织的绢帛一根丝一根丝地积累起来，才有一寸长；一寸一寸地积累下去，才有一丈乃至一匹。今天如果我将它割断，就会前功尽弃，从前的时间也就白白地浪费了。"

妻子接着又说："读书也是这样，你积累学问，每天都应该获得新的知识，从而使自己的品行更加完美。如果半途而归，和割断织丝有什么两样呢？"

乐羊子被妻子说的话深深地感动了，于是又去完成学业，一连七年都没有回过家。

解　　释：废：停止。指做事不能坚持到底，中途停顿，有始无终。

用　　法：作谓语、状语、定语。

造　　句：做事情要有始有终，不能半途而废。

近义词：功亏一篑、有始无终、浅尝辄止

反义词：坚持不懈、持之以恒、锲而不舍

谜　　语：半途而废，前功尽弃（打一字谜）

　　"半途而废"这一成语为我们描述了乐羊子的妻子鼓励乐羊子刻苦学习，不能半途而废的故事。这个故事对同学们有着特别的教育意义。现在同学们做事情不是虎头蛇尾，就是半途而废，不能善始善终。这往往是同学们心理比较脆弱、意志力较差，情绪不稳，注意力不集中的原因，同时也可能是自信心不足，对人对事都抱一种不在乎、无所谓的态度的表现。

# 088 太公钓鱼愿者上钩

词语档案

姜尚因命守时，直钩钓："负命者上钩来！"

——《武王伐纣平话》

很久很久以前，有个八十岁的老头名叫姜太公。

此公有大学问，但命运却一直不好，生活很艰难，只好天天坐着钓鱼吃。但他有个绝活就是会算卦，他算好了皇帝会来河边。那天他故意把鱼钩弄直了，在那钓呀钓呀，但鱼钩是直的，哪能钓上鱼来？其实他这么做是想引起皇帝的注意。

果然，皇帝吃过午饭正好没事，听见有人议论河边有一个老头在用直的鱼钩钓鱼，平时还能钓到不少，但今天却怎么也钓不上来，皇帝大惊：有这事？他好奇得不得了，赶紧跑到河边去看，果然看见一老头正忙着用直鱼钩钓鱼。皇帝好奇地问："老人家，您用直的鱼钩能钓到鱼吗？"姜太公说："能啊，平时我都是这样钓的，今天就是钓不到，我算过皇帝今天要来，但是我得吃饭啊，所以钓不上来也得钓啊！"皇帝大为惊讶，他怎么算到我会来呢，难道这老头是个奇人异士？于是，就跟他聊国家大事，发现姜太公有一肚子的治国才华，于是就请他做了国师。

Xiao Xue Jiao Cai Zhong De Cheng Yu Gu Shi

这就是姜太公钓鱼愿者上钩的故事。

解　释：太公：指周初的吕尚，即姜子牙。比喻心甘情愿地上当。

用　法：作宾语、分句。

造　句：他总抱着姜太公钓鱼－愿者上钩的态度在卖东西。

近义词：心甘情愿

歇后语：姜太公钓鱼——愿者上钩

　　我国古代有个叫姜太公的有识之士，因不满于当时的黑暗政治，隐居在渭水边上，但又很想实现自己的政治抱负。他常常在溪边钓鱼，钓法很奇特，鱼钩是直的，钩上没有鱼饵。后来周文王打猎来到渭水边，与姜太公谈得很投机，就请他做了国师。姜太公辅佐周文王、周武王消灭了商朝。姜太公钓鱼愿者上钩比喻心甘情愿地上别人的圈套。

抱薪救火

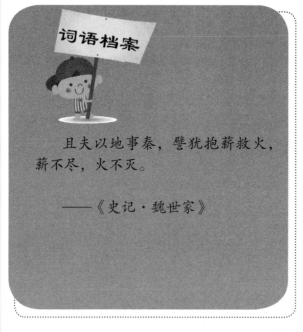

**词语档案**

且夫以地事秦，譬犹抱薪救火，薪不尽，火不灭。

——《史记·魏世家》

战国后期，秦国一天比一天强大，它采取远交近攻的策略，不断地向邻近的国家扩张。

秦国接二连三地向魏国进攻，占去魏国许多土地，杀死魏国许多军队和百姓。公元前273年，秦国又向魏国出兵。魏国国内很多人都被秦国打怕了，不敢抵抗。魏国将领段杆子建议魏王割让南阳地区给秦国，向秦求和。这时谋士苏代对魏王说："段杆子割地求和的这个主意，是在出卖你，他是想夺你的王位；而秦国呢，确是无休无止地要你的土地，魏国土地不割完，秦国的进攻是不会停止的。"苏代接着说："如果拿土地侍奉秦国，这犹如抱薪救火，薪不尽，火不灭，就是说好比拿柴草去灭火，只能使火越烧越旺。"可是魏王不听苏代的劝告，还是一味割地求和。秦国并不就此罢手，公元前225年，秦军大举进攻魏都大梁，魏国终于被秦国消灭。

解　释：抱着柴草去救火。比喻用错误的方法消除灾祸，结果使
　　　　灾祸扩大。薪，柴草。

用　法：作谓语、定语、宾语。

造　句：遇到困难应冷静思考，用正确的方法解决，抱薪救火，
　　　　只会适得其反。

近义词：火上浇油、饮鸩止渴、南辕北辙、负薪救火

反义词：雪中送炭、根除祸患、釜底抽薪

含有"薪"的成语：杯水车薪、抽薪止沸 、釜底抽薪
　　　　负薪救火、卧薪尝胆、坐薪悬胆

启 示

　　"抱薪救火"这一成语的意思是抱着柴草去救火，柴草投入火中，火怎么能扑灭呢？柴草一天烧不完，火就一天不会熄灭。该成语还是引火烧身，自取灭亡的实例。"侵略者都是贪得无厌的，你想用领土、权利去换取和平，是办不到的，只要你的国土还在，就无法满足侵略者的欲望。"但是，胆小的魏王只顾眼前的太平，把魏国大片的土地割让给秦国，最后魏国还是免不掉被秦国所灭的命运。

## 按图索骥

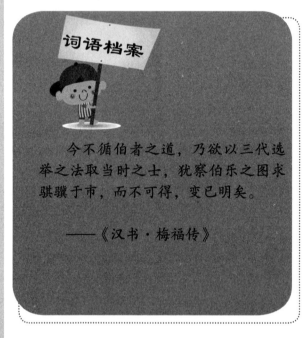

词语档案

今不循伯者之道，乃欲以三代选举之法取当时之士，犹察伯乐之图求骐骥于市，而不可得，变已明矣。

——《汉书·梅福传》

相传孙阳是我国古代最著名的相马专家，他一眼就能看出一匹马的好坏。因此，人们都把孙阳叫做伯乐。

伯乐把自己相马的本领都写到《相马经》，还画了各种马的图。很多人照着伯乐书上的图，去找千里马。伯乐的儿子很笨，却希望自己也能像父亲那样能找出千里马。伯乐的儿子，掌握了千里马的特征：高脑门、大眼睛、蹄子像摞起来的酒曲块，他把《相马经》背得很熟，以为自己有了认马的本领。

一天，伯乐的儿子在路边看见了一只癞蛤蟆。他想起书上所说额头隆起、眼睛明亮、有四个大蹄子的就是好马。他想，"这家伙的额头隆起来，眼睛又大又亮，不正是一匹千里马吗？"他非常高兴，把癞蛤蟆抓回了家，对伯乐说："快看，我找到了一匹好马！"伯乐哭笑不得，只好说："你抓的马太爱跳了，不好骑啊！"

按图索骥的故事由此而来。

解　释：索：找；骥：良马。按照画像去寻求好马。比喻墨守成规办事，也比喻按照线索去寻求。

用　法：作谓语、定语、状语。

造　句：在学习知识的过程中不能按图索骥，要灵活运用。

近义词：照本宣科、生搬硬套

反义词：不落窠臼

谜　语：按图索骥（打一篇目）

伯乐的儿子按图索骥，居然把癞蛤蟆当成了千里马，这真是太可笑了！他虽然熟读了《相马经》，却不会灵活运用这些知识，所以才闹出了这么大的笑话。这个成语启示我们：在学习知识的时候，一定要做到活学活用，不拘泥于教条。要把学到的知识灵活地运用到生活当中，千万不要做只会照搬书本的书呆子。

谜底：画马

## 南辕北辙

犹至楚而北行也。

——《战国策·魏策四》

春秋战国时期，魏王想出兵攻打邯郸。季梁知道这个消息后，立刻半途折回，衣服没换，头上的灰尘也没洗掉，就去见魏王。季梁对魏王说："今天我在路上，遇见一个人坐车朝北而行，他告诉臣说：'想去楚国'。臣说：'楚国在南方，为什么去南方反而朝北走？'那人说：'不要紧，我的马好，跑得快。'我提醒他：'马好也不顶用，朝北不是去楚国该走的方向。那人指着车上的大口袋说：'不要紧，我的路费多着呢。'我又给他指明：'路费多也不济事，这样到不了楚国。'那人还是说：'不要紧，我的马夫最会赶车。'这个马车夫越会赶车，离楚国就会越远啊。

而今，大王要成就霸业，一举一动都要取信于天下，方能树立权威。如果仗着自己国家大、兵力强，动不动就进攻人家，这就不能建立威信，就像那个要去南方的人反而朝北走一样，只能离成就霸业的目标越来越远！"

魏王听了季梁的话非常赞同，取消了攻打邯郸的计划。

解　　释：想往南而车子却向北行。比喻行动和目的正好相反。

用　　法：作宾语、定语。

造　　句：你这么做不是南辕北辙吗？

近义词：背道而驰

谜　　语：南辕北辙（打一网络电脑词语）

"南辕北辙"这个故事讲述了古代的一个人要乘车到楚国去，该往南走他却一直往北走，别人劝他他也不听，结果离楚国越来越远。在生活中，有的同学有时也会做一些傻事，比如，上课不认真听讲，做小动作。这时老师指出了，就应该听取老师的批评，及时改正，不要一意孤行，这样才能不断地取得好的成绩。否则的话就会南辕北辙，事与愿违。

谜底：回车

092

# 朝三暮四

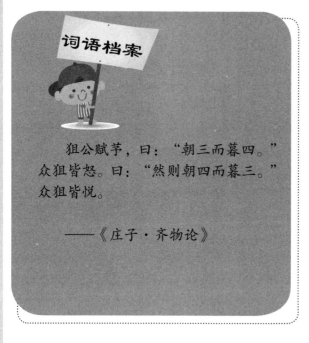

词语档案

狙公赋芧，曰："朝三而暮四。"众狙皆怒。曰："然则朝四而暮三。"众狙皆悦。

——《庄子·齐物论》

宋国有一个老人，非常喜欢猴子，他家养了一大群猴子。他对猴子们很好，猴子们生活得也很快乐。老人能理解猴子们的意思，猴子们也能够懂得老人的心意。每天早晚老人都要给每只猴子四颗栗子吃。

可是，天长日久，喂猴子的粮食不够了，他宁可减少全家人的口粮，也要满足猴子的欲望。几年之后，老人的经济越来越不充裕了，家里缺乏粮食而猴子的数量却越来越多，所以他就想把每天的栗子由八颗减少到七颗。他要限制猴子们吃栗子的数量，但又怕猴子不顺从自己，便向猴群宣布："以后给你们吃栗子，早上三粒，晚上四粒，好不好？"猴子们听了都表示不满，大声抗议，强烈反对主人的做法。老人见状，略停顿一下，改口说："好吧，那就早上四粒，晚上三粒，这样应该可以了吧？"于是所有的猴子都兴高采烈，纷纷表示同意。

解　释：原指玩弄手法欺骗人。后用来比喻常常变卦，反复无常。

用　法：作谓语、定语、状语。

造　句：做事情不要朝三暮四，要有始有终。

近义词：朝秦暮楚、反复无常、见异思迁

反义词：墨守成规、一成不变

谜　语：朝三暮四（打一中国地名）

现今人们常用成语"朝三暮四"来形容那些经常变卦、反复无常的言行。其实，与其说故事中养猴子的人变化无常，不如说他是在"以不变应万变"，想出了一个既限制猴子食量又不得罪猴子的好办法。在生活中，要注重实际，善于识破各种形形色色的谎言，防止被花言巧语所蒙骗。因为无论形式有多少种，本质却只有一个。

**093**

# 塞翁失马，安知祸福

## 词语档案

近塞上之人，有善术者，马无故亡而入胡，人皆吊之。

——《淮南子·人间训》

战国时期有一位叫塞翁的老人，他养了许多马。一天有一匹马丢了。邻居们听到这事，都来安慰他不必太着急，塞翁笑笑说："丢了一匹马损失不大，没准还会带来福气。"邻居听了塞翁的话，心里觉得很好笑。马丢了明明是一件坏事，他却认为也许是件好事，

显然是在自我安慰。可是过了几天，丢失的马不仅自己回家了，而且还带回了一匹骏马。

邻居听说马自己回来了，向塞翁道贺说："还是您老有远见，马不仅没有丢，还带回一匹好马，真是福气呀。"塞翁听了邻人的祝贺，反倒忧虑地说："白白得了一匹好马，不一定是福气，也许会惹出什么麻烦来。"

塞翁有个独生子，非常喜欢骑马。他发现带回来的那匹马身长蹄大，嘶鸣嘹亮，膘悍神骏，一看就知道是匹好马。于是他每天都骑马出游。一天，他高兴得有些过火，打马飞奔，没想到一个趔趄，从马背上跌下来，摔断了腿。邻居们听说，纷纷前来慰问。

塞翁说："没什么，腿摔断了却保住了性命，或许是福气呢。"

邻居们怎么也想不出，摔断腿会带来什么福气。

不久，匈奴兵大举入侵，青年人都要应征入伍，塞翁的儿子因为摔断了腿，不能去当兵。入伍的青年都战死了，唯有塞翁的儿子保全了性命。

解　　释：塞：边界险要之处；翁：老头。比喻虽然一时受到损失，也许会因此而得到好处。也指坏事在一定条件下可以变为好事。

用　　法：主谓式；作宾语、分句。

造　　句：塞翁失马，安知祸福，谁知道是祸还是福呢？

近义词：失之东隅、因祸得福

反义词：因福得祸

含有"安知"的成语：塞翁失马，安知祸福

燕雀安知鸿鹄之志

这一成语向我们揭示了这样一个道理："故福之为祸，祸之为福"，它说明了福和祸、好事和坏事都不是绝对的，而是相对的，是可以互相转化的。有的人在生活中虽然历经磨难，从表面上看，他是在遭受祸。但是，他却是幸运的，因为他从磨难中获得了坚强的毅力，学会了克服困难的方法，懂得了生活的真谛，这是顺境中的人们根本就体会不到的。所以，对福和祸我们应该辩证地看待。

Xiao Xue Jiao Cai Zhong De Cheng Yu Gu Shi

**094**

## 五十步笑百步

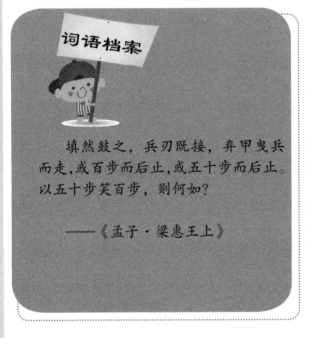

词语档案

填然鼓之，兵刃既接，弃甲曳兵而走，或百步而后止，或五十步而后止。以五十步笑百步，则何如？

——《孟子·梁惠王上》

梁惠王对孟子说："我对管理国家大事，一向尽心尽力，对百姓的照顾也非常周到，可是为什么我国的百姓并没有增多，而邻国的百姓也没有减少呢？"孟子问："您是怎么照顾百姓的呢？"梁惠王说："像河内有了灾荒，我就把他们移到河东去；要是河东的收成不好，我也会照此办理。放眼看天下，有哪一国的国君能像我这样呢？"

孟子笑着说："让我来举一个战争的例子吧！如果一方战败，士兵纷纷逃走，有的逃了五十步，有的逃了一百步，逃了五十步的就笑那些逃了一百步的贪生怕死，对这样的事情，您如何看呢？"梁惠王说："不对，他们只不过是因为自己跑得慢而落后了五十步罢了。"孟子接着说："同样道理，你虽然在小地方照顾了百姓，可是你喜欢打仗，而且一打起仗来，百姓成千上万地死去，这和邻国又有什么两样呢？这不正像逃五十步的人在嘲笑逃百步的人的情形一样吗？"

解　释：作战时后退了五十步的人讥笑后退了一百步的人。比喻自己跟别人有同样的缺点错误，只是程度上轻一些，却无自知之明地去讥笑别人。

用　法：作谓语、定语。

造　句：不要做让人五十步笑百步的事。

近义词：以五十步笑百步

谜　语：五十步笑百步（打一成语）

逃了五十步和逃了一百步，虽然在数量上有区别，但是在本质上是一样的——都是逃跑。梁惠王尽管给了百姓一点小恩小惠，但他发动战争，欺压黎民，在压榨百姓这一点上，跟别国的暴君没有本质的差别。这则寓言告诉我们，看事情要看本质，不要被表面现象所迷惑。比如，一个小偷，偷了一次和偷了一百次的性质是一样的，都是偷，只是程度不同而已。

谜底：不相上下

# 095

## 鹬蚌相争，渔翁得利

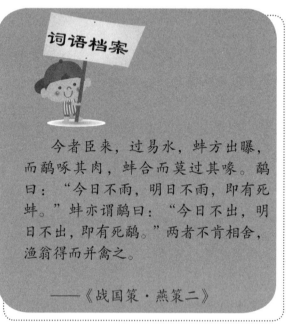

**词语档案**

今者臣来，过易水，蚌方出曝，而鹬啄其肉，蚌合而莫过其喙。鹬曰："今日不雨，明日不雨，即有死蚌。"蚌亦谓鹬曰："今日不出，明日不出，即有死鹬。"两者不肯相舍，渔翁得而并禽之。

——《战国策·燕策二》

赵王要去攻打燕国，苏代为了燕国，去劝赵惠王说："臣这次来的时候，经过易水，看见一只河蚌正张着壳在晒太阳。有一只鹬鸟，伸嘴去啄河蚌的肉。河蚌连忙把壳合上，紧紧地钳住了鹬鸟的嘴。鹬鸟就说：'今天不下雨，明天不下雨，你就会死。'河蚌也说：'今天不放开你，明天不放开你，你就会死！'两个谁也不肯放了谁。打渔的人看到了，就把它俩一起捉去了。

现在赵国要攻打燕国，燕赵两国相持不下，日子久了，双方的力量都消耗得很厉害，我担心强大的秦国会成为鹬蚌相争中"渔夫"那样的角色，最后，把赵国和燕国一起吞并。所以，我希望大王好好地考虑考虑。"赵惠王听了，说："你说得对啊！"

于是，赵惠王下令停止了攻打燕国的行动。

**解　释**：比喻双方相争，两败俱伤，徒使第三者得利。

**用　法**：作宾语、定语。

**造　句**：双方要以和为贵，切不可鹬蚌相争，让渔翁得利。

**近义词**：鹬蚌相持

**反义词**：相辅相成

**相似的成语**：螳螂捕蝉，黄雀在后、项庄舞剑，意在沛公、

城门失火，殃及池鱼

通过这个故事，我们可以懂得一个道理。鹬和蚌都想致对方于死地，都想消灭对方，结果被渔人得利，导致了双方的灭亡。故事告诫人们：要团结友爱，而这种爱，不仅仅是爱自己，也要爱对方，哪怕对方是所谓的敌人，这才是大爱。无大爱之境的人，不理解这种大爱，只会看到其中的不可能，而不会看到其中的可能。所以，这个成语，教育同学们爱不要止于表面的现象，而要挖掘深层的含义。

鹬蚌相争·渔翁得利

**096**

**负荆请罪**

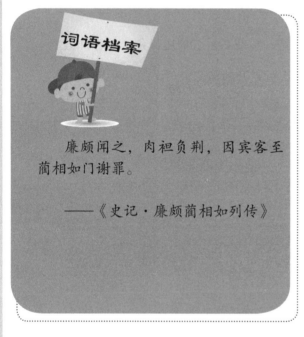

词语档案

廉颇闻之，肉袒负荆，因宾客至蔺相如门谢罪。

——《史记·廉颇蔺相如列传》

战国时期，赵国有一个足智多谋的士大夫叫蔺相如，还有一个英勇善战的大将军叫廉颇。

有一年，秦王邀请赵王到渑池相会。酒宴上，秦王请赵王弹瑟，赵王弹了一曲。作陪的蔺相如心想，必须为赵王争回面子，于是捧起一个缸，走到秦王面前说："大王擅长秦乐，请大王一击，以相娱乐。"

在蔺相如的强逼下，秦王勉强在缸上击了一下。秦国的大臣气得大叫："请赵国割让出十五座城作为奉献给秦王的礼物！"蔺相如也高喊："请秦国把首都咸阳献给赵王！"自始至终秦国没能占到半点便宜。事后，赵王封蔺相如为上大夫。廉颇很不服气，他对人说："我出生入死，立了许多战功，而蔺相如只凭三寸不烂之舌，就官居我之上，倘若遇见他，我一定要当面羞辱他。"蔺相如听说以后处处忍让，上朝的日子也故意装病在家，以免与廉颇引起争执。

有一天，蔺相如出门，远远就看见廉颇的马车迎面驶来，他吩咐仆人调转方向避开廉颇。身边的人都说他太胆小了，蔺相如一笑，问大家："你们说廉将军与秦王哪个厉害？"大家异口同声地说："当然是秦王啦。"蔺相如又道："我敢在秦国当众呵斥秦王，又怎会偏偏怕廉将军呢？我只是想，强秦不敢侵赵，是因为有我们两个人在，如果我们两人争斗起来，敌人就会钻空子。我不能不顾国家的安危啊！"

这些话传到廉颇的耳朵里，廉颇很惭愧，于是光着脊背，背着荆条，到蔺相如府上请罪。

解　释：负：背着；荆：荆条。背着荆条向对方请罪。表示向人认错赔罪。

用　法：连动式；作谓语、定语。

造　句：这件事我做错了，来负荆请罪来了。

近义词：引咎自责

反义词：兴师问罪

谜　语：负荆请罪（打一棋牌词语）

启　示

这一成语告诉我们和为贵的道理。廉颇见蔺相如凭着一张嘴当上比他高的官，便心生嫉妒。后来廉颇明白了蔺相如的良苦用心，便负荆请罪，从此以后，他们俩成了好朋友，并同心协力地保卫赵国。如果一个集体起内讧，容易让敌人有机可乘；惟有团结起来、同心协力对抗外敌，才不会被别人欺负。

谜底：姚、刘门，求和

**097**

# 完璧归赵

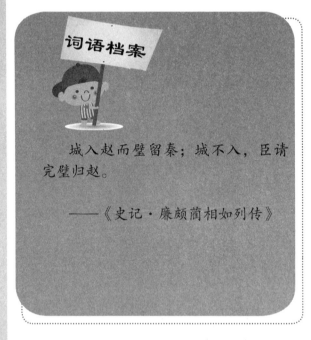

词语档案

城入赵而璧留秦；城不入，臣请完璧归赵。

——《史记·廉颇蔺相如列传》

战国时期，赵王无意间得到了一块和氏璧，秦襄王听说后非常想据为己有，因此就派人到赵国，对赵王说秦国愿意以十五座城与赵国交换这块玉。赵王心里非常舍不得，但是因为赵国国势很弱，又不敢得罪秦王，怕秦王一不高兴就派兵攻打赵国。为了这件事，赵王伤透了脑筋。

大臣蔺相如知道这件事以后，就自告奋勇带着和氏璧出使秦国，他知道秦王虽然喜欢这块玉，事实上却根本不会用十五座城来交换。到了秦国后，蔺相如就抱着和氏璧，对秦王说："如果大王您不守信用，想要抢我手上的这块宝玉，我就一头撞死在皇宫的柱子上，相信宝玉也一定会粉碎！"秦王听了虽然很生气，但是怕他真的撞上柱子而摔坏宝玉，因此一点都不敢轻举妄动。后来蔺相如趁秦王不注意的时候，派人连夜把和氏璧送回去。秦王虽然恼怒，但是因为知道自己行事不够光明正大，怕传出去成为笑柄，只好把蔺相如放了。

解　释：本指蔺相如将和氏璧完好地自秦国送回赵国，后比喻把原物完好地归还本人。

用　法：主谓式；作谓语、宾语。

造　句：用不了多久，这两件东西一定会完璧归赵。

近义词：物归原主

反义词：支离破碎

谜　语：完璧归赵（打一化学词语）

从"完璧归赵"这一成语中，我们看到了蔺相如的勇敢与智慧，正是他的勇敢和机智才保住了和氏璧。这一成语同时也启发我们做事情既要有勇气，也要有智慧。面对强势的对方，要有勇气与之抗衡。做事情时应当灵活，随机应变，运用机智与智慧，这样才会在对峙中取得胜利。

答案：还原

## 098 一字千金

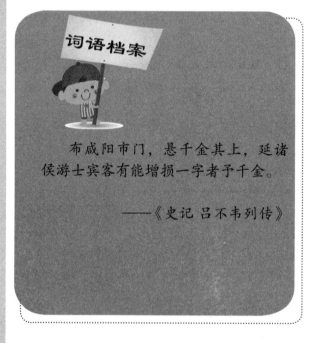

词语档案

布咸阳市门，悬千金其上，延诸侯游士宾客有能增损一字者予千金。

——《史记 吕不韦列传》

战国末期，秦国有一个大商人，名叫吕不韦。他在赵国经商时，曾资助过庄襄王（名子楚），又把他的妾赵姬送给子楚为妻。待子楚接替王位后，他便被封为文信侯，官居相国。庄襄王在位仅三年便病死了，由他十三岁的儿子政（赵姬所生）继承王位，政便是历史上有名的秦始皇。政尊吕不韦为仲父，行政大权掌控在吕不韦和赵姬的手中。

当时养士之风甚盛，有名的战国四公子养有门客数千人，吕不韦也养了三千门客，作为他的智囊团，想出种种办法来巩固他的权利。这些门客，三教九流的人，应有尽有，他们各人有各人的见解和心得，都提出来写在书面上，汇集起来，成了一部二十余万言的巨著，取名《吕氏春秋》。吕不韦把这部书作为秦国统一天下的经典。为了扩大这部书的影响，他命令将这部书用竹简刻下来挂在咸阳城门上，同时布告天下：谁如果能增删一字，便赏金一千。明晃晃的金子就放在旁边，竟无一人领取，这不能不说是个奇迹。

解　释：增减一字，赏予千金。称赞文辞精妙，不可更改。

用　法：作定语、宾语。

造　句：鲁迅的文采精妙，真可谓"一字千金"。

近义词：一字千钧、一字一珠、字字珠玑

反义词：一文不值

谜　语：一字千金（打一常用语）

　　吕不韦通过"一字千金"的方法为其著作挑错，这一举动不仅提高了著作的身价，也使吕不韦本人扬名青史。"一字千金"这一成语形容文字价值极高，通常用来赞美别人的文章写得好，文辞优美，字字珠玑，不可多得。在现代社会中，样样都成了商品，文章也不例外。某名作家的一部小说，稿费价格非常高，可以用"一字千金"来形容。

谜底：名著

## 纸上谈兵

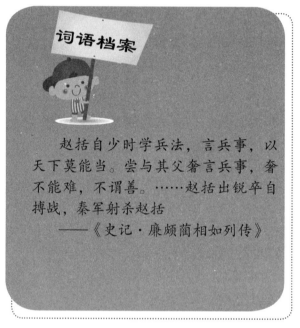

词语档案

赵括自少时学兵法，言兵事，以天下莫能当。尝与其父奢言兵事，奢不能难，不谓善。……赵括出锐卒自搏战，秦军射杀赵括

——《史记·廉颇蔺相如列传》

战国时期，赵国名将赵奢的儿子赵括，年轻的时候，读过不少兵书，他常常在人们面前谈论作战用兵的事情，即使他父亲赵奢也难不住他。很多人都认为他很有才能，但是他的父亲却认为他是在夸夸其谈，不能承担重任。

有一次，秦国进攻赵国，赵国大将廉颇采用了修筑壁垒坚守的方法，来抵御秦国的进攻。后来，赵王听信了秦国散布的谣言，以为廉颇年老懦弱，不能抵挡敌军，就改派赵括代替廉颇任大将军。赵括到了前线后，生搬硬套兵书上的教条，完全改变了廉颇持久抗战的计划。秦将白起听到这个消息后，非常高兴，便用计先截断了赵军的运粮后路，然后把赵军团团包围。赵军陷入兵困粮绝的境地，四十多万赵军一下子尽被秦歼灭。

解　释：在纸面上谈论打仗。比喻空谈理论，不能解决实际问题。也比喻空谈不能成为现实。

用　法：作谓语、宾语、定语。

造　句：你就会纸上谈兵，一用到实际中就不灵了。

近义词：坐而论道、华而不实、画饼充饥

反义词：埋头苦干、脚踏实地

谜　语：纸上谈兵（打一书画摄影词语）

　　这一成语讲的是赵括统兵四十多万，在作战中，照搬兵书上的兵法，结果被敌人打败，手下的四十多万将士多数被杀，只有他只身返回，最后因兵败也被杀的事情。这一成语启示我们：要把学到的知识运用到实际中，需要理论联系实际，没有实际的理论是站不住脚的。赵括失败的原因在于他仅懂得兵法的原理，但是却不懂怎样实践兵法。

谜底：画饼充饥

## 破釜沉舟

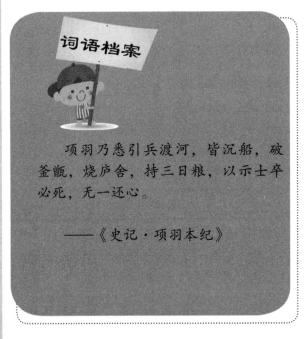

**词语档案**

项羽乃悉引兵渡河，皆沉船，破釜甑，烧庐舍，持三日粮，以示士卒必死，无一还心。

——《史记·项羽本纪》

秦朝末年，秦派兵攻打复国后的赵国。赵军不敌，退守巨鹿，被秦军包围。楚怀王任命宋义为上将军，项羽为副将，并让他们带领军队去援救赵国。但是，宋义把兵带到安阳就不再前进了，在此停留了四十六天。项羽非常焦急，再三要求渡江北上，与赵军里应外合，一举打败秦军。而宋义则希望等赵、秦两军打得精疲力尽之时再发兵，坐收渔翁之利，于是他严令军中不准轻举妄动。

在军营中，宋义宴请宾客，大吃大喝，而士兵、百姓却忍饥挨饿。项羽实在忍不下去了，便杀死了宋义，将士们马上拥戴项羽为上将军。之后，项羽立即派出两名将军，率两万人马渡河解救巨鹿。取得胜利后，项羽下令全军渡河救援赵军。在全军渡河之后，他采取了一系列果断的行动：把所有船只凿沉，把煮饭的锅都打破，把营房都烧掉，只携带三天的干粮，以表决一死战的决心，不给士兵留一点儿退路。项羽领军到达巨鹿外围，立即包围了秦军，经过九天激战，最终取得巨鹿之战的胜利。

解　释：比喻下决心不顾一切地干到底。

用　法：联合式；作谓语、宾语、状语。

造　句：只要我们有破釜沉舟的决心，就能克服学习上的各种困难。

近义词：义无反顾、背水一战、决一死战

反义词：优柔寡断、瞻前顾后、举棋不定

　　项羽带领军队打仗时，做出了一个决定，砸掉了所有的行军锅，烧掉了所有的船只，以断后路，他的意图是让士兵勇往直前。事实证明他的做法是正确的。我们可以想象，如果项羽不做出果敢的决定，将士们会有绝地重生的机会吗？在生活中，绝大多数人不可能做出如此果断的选择，许多人都想多一个选择，多一条后路，岂不知有时候放弃一些选择或许对你会更有利。

## 101 开诚布公

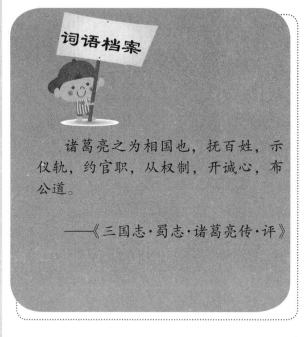

词语档案

诸葛亮之为相国也，抚百姓，示仪轨，约官职，从权制，开诚心，布公道。

——《三国志·蜀志·诸葛亮传·评》

三国时，诸葛亮极得皇帝刘备的信任。刘备临终前，曾将自己的儿子刘禅托付给他，请他帮助刘禅治理天下，并且诚恳地表示：你能辅佐他就辅佐他，如果他不听你的话，干出危害国家的事来，你就取而代之。

刘备死后，诸葛亮尽全力帮助平庸的后主刘禅治理国家。有人劝他进爵称王，他严词拒绝了，并认为自己受先帝委托，已经担任了这么高的官职，如今讨伐曹魏没取得什么成效，却要加官进爵，这样做是不义的。诸葛亮待人处事公正合理，不徇私情。马谡是他非常看重的一位将军，在攻打曹魏时当前锋，因为他违反节制，失守街亭，诸葛亮严守军令状规定，忍痛杀了他。马谡临刑前上书诸葛亮，说自己虽然死去，但在九泉之下他没有怨恨。诸葛亮自己也为失守街亭等承担责任，请求后主批准他由丞相降为右将军。他还特地下令，要下属批评他的缺点和错误，这在当时是罕见的。所以，后人在写史书时，用"开诚心，布公道"来形容他。

成语开诚布公由此句话缩略而来。

解　释：开诚：敞开胸怀，显示诚意。指以诚心待人，坦白无私。

用　法：作谓语、定语、状语。

造　句：有问题应该开诚布公地交流。

近义词：待人以诚、开诚相见、襟怀坦白

反义词：勾心斗角、尔虞我诈

谜　语：开诚布公话在先（打一成语）

启 示

　　这一成语告诉我们处理问题的一个方法：开诚布公。即当我们遇到问题的时候，解决问题的态度是什么？是开诚布公，还是互想隐瞒，勾心斗角？选择的方式不同就会导致结果的不同。在出现矛盾的时候同心同德、互帮互助，努力做到开诚布公，团结协作，大事讲原则，小事讲风格，一定能形成好的做事氛围。

谜底：直言无私

# 102 狗尾续貂

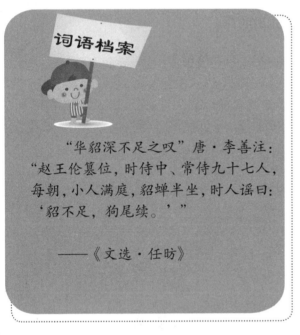

词语档案

"华貂深不足之叹"唐·李善注："赵王伦篡位，时侍中、常侍九十七人，每朝，小人满庭，貂蝉半坐，时人谣曰：'貂不足，狗尾续。'"

——《文选·任昉》

晋武帝司马炎死后，他的儿子司马衷继位，而他的叔叔赵王司马伦野心很大，对新帝很不服气。晋惠帝司马衷即位不久，司马伦就有了非份之想。

在当时国家还不够稳定的时候，他和手下一起计划一个阴谋，篡夺了王位。司马伦当上皇帝后，竟然胡乱封官。让他的亲戚朋友、家里的仆人和差役，都当了大官或是成为他的近侍官员。当时的近侍官员都使用珍贵的貂尾作帽子的妆饰，可是司马伦封的官员实在太多了，找不出那么多的貂尾，只好用相似的狗尾来代替。

这些官员只知道欺压百姓，胡作非为，令老百姓们感到非常痛恨。于是，百姓们就编了一句谚语讽刺他们："貂不足，狗尾续"。

解　释：①指授官太滥。②指美中不足或以次充好。

用　法：作宾语、定语。

造　句：这部作品太差，给人狗尾续貂之感。

近义词：狗尾续貂、貂狗相属

有关狗的歇后语：狗拿耗子——多管闲事

狗咬猪尿泡——空喜欢一场

狗赶鸭子——呱呱叫

狗咬吕洞宾——不识好人心

狗掀门帘——全凭一张嘴

狗蹲墙头——硬装坐地虎

启　示

　　狗尾续貂这一成语向我们讲述了一个用狗尾代替貂尾的故事，人们用民谚“貂不足，狗尾续”来进行讽刺。后用以比喻拿不好的东西续在好的东西后面。现今生活中这样的事比较多，比如，某部电视剧的收视效果比较好，制片人为了追求更大的经济利益，便狗尾续貂，粗制滥造了第二部、第三部，结果不仅损失了金钱，而且破坏了其在人们心目中的形象。

狗尾续貂

## 103 玩物丧志

词语档案

玩人丧德，玩物丧志。

——《书·旅獒》

春秋时，卫懿公是卫国的第十四代君主，卫懿公特别喜欢鹤，整天与鹤为伴，如痴如迷，以至于常常不理朝政、不问民情。他还让鹤乘坐高级豪华的车子，甚至比大臣所乘的车子还要高级。为了养鹤，每年都耗费大量的钱财，这种做法引起了大臣的极度不满，百姓怨声载道。

公元前659年，北狄部落入侵，卫懿公命军队前去抵抗。将士们气愤地说："既然鹤享有很高的地位和待遇，现在就让它们去打仗吧！"懿公没办法，只好亲自带兵出征，与狄人战于荥泽，由于军心不齐，结果战败而死。人们把卫懿公的行为称做"玩物丧志"。有诗云：曾闻古训戒禽荒，一鹤谁知便丧邦。荥泽当时遍磷火，可能骑鹤返仙乡？ 现常用来指醉心于玩赏某些事物或迷恋于一些有害的事情，就会丧失积极进取的志气。

解　释：玩：玩赏；丧：丧失；志：志气。指迷恋于所玩赏的事物而消磨了积极进取的志气。

用　法：作谓语、宾语、定语。

造　句：人不能玩物丧志，要有理想。

近义词：不务正业

反义词：业精于勤

以"丧"开头的成语：丧胆销魂、丧魂落魄、丧家之犬、丧尽天良、丧明之痛、丧权辱国、丧身失节、丧心病狂

**启　示**

　　由于玩物而丧志的人从古至今皆有，严重的葬送了国家前途，使国家灭亡，个人迷失自我往往会导致无所事事。我们说，玩物丧志是一种迷失自我，不是你玩物，而是物玩了你。当你离开物时，就会陷入空虚的状态。现在有些同学身陷网游而不能自拔的事实，应该让我们警醒：人应该认识自己，确立自我意识，做自己的主人！

# 104 不为五斗米折腰

**词语档案**

　　吾不能为五斗米折腰，拳拳事乡里小人邪。

　　——《晋书·陶潜传》

　　陶渊明又名陶潜，是我国最早的田园诗人。他之所以能创作出许多以自然景物和农村生活为题材的作品，与他的经历和处境有着密切的关系。

　　公元 405 年秋，他为了养家糊口，来到离家乡不远的彭泽当县令。这年冬天，郡太守派一名督邮，到彭泽县来督察。督邮官品很低，却有些权势，在太守面前说好话歹话就凭他一张嘴。这次派来的督邮，是个粗俗而又傲慢的人，他一到彭泽，就差县吏去叫县令来见他。

　　陶渊明平时蔑视功名富贵，不肯趋炎附势，对这种假借上司名义发号施令的人很瞧不起，但又不得不去见，于是他马上动身。不料县吏拦住陶渊明说："大人，参见督邮要穿官服，并且束上大带，不然有失体统，督邮如果乘机大做文章，会对大人不利的！"

　　陶渊明再也忍受不下去了。他长叹一声，道："我不能为五斗米向乡里小人折腰！"说罢，索性取出官印，把它封好，马上写了一封辞职信，随即离开只当了八十多天县令的彭泽。

解　释：五斗米：晋代县令的俸禄，后指微薄的俸禄；折腰：弯腰行礼，指屈身于人。比喻为人清高，有骨气，不为利禄所动。

用　法：复句式；作谓语，分句。

造　句：做人要有骨气，不为五斗米折腰。

近义词：不为斗米折腰

反义词：趋炎附势

谜　语：不为五斗米折腰（打一成语）

"不为五斗米折腰"向我们展示了一种不为世俗所屈服的傲骨。这种人古今皆有之，晋代的陶渊明因不满于官场生活，在官八十多天，宁愿家里过得拮据点，也要退官归隐，生活在自己的世外桃源中，远离官场的黑暗与罪恶，引觞自酌，品味着大自然，吟颂着自己作的诗。他不趋炎附势的精神值得我们学习和传颂。

谜底：苏东坡诗句

## 105 兼听则明，偏听则暗

词语档案

君之所以明者，兼听也；其所以暗者，偏信也。

——《潜夫论·明暗》

唐太宗问宰相魏征："我作为一国之君，怎样才能明辨是非，不受蒙蔽呢？"魏征回答说："作为国君，只听一面之辞就会糊里糊涂，常常做出错误的判断。只有广泛听取意见，采纳正确的主张，才能不受欺骗，下边的情况也就了解得一清二楚了。"

从此以后，唐太宗鼓励大臣直言进谏，并从中听取了一些非常好的意见，把国家治理得井井有条，得到了百姓的拥戴。魏征去世后，唐太宗觉得失去了一个直言进谏的人，他悲痛地说："用铜做镜子，可以看出衣帽穿得是否整齐；用历史做镜子，可以明白各个朝代为什么兴起和没落；用人做镜子，可以清楚自己与别人的差距和得失。今天魏征不在了，我真是失掉了一面好镜子啊！"

成语兼听则明，偏听则暗就是从魏征劝太宗的话演变而来。

解　释：多方面听取不同意见。明：明辨是非。暗：糊涂，辨不清事实真相。指要同时听取各方面的意见，才能正确认识事物；只相信单方面的话，必然会犯片面性的错误。

用　法：复句式；作主语、谓语、宾语。

造　句：一个领导要多方听取群众的意见，兼听则明，否则就会偏听则暗。

反义词：趋炎附势

含"听"字的成语：听其言而观其行、听其自然、听而不闻、听之任之、听天由命、听其自便、听微决疑

启　示

　　这个成语告诫人们在做判断的时候如果能广泛地听取多方面的意见，就能明白事情的真相，继而作出正确的判断，只听信一方面的意见就不会了解真相，这是做好事情的前提。只有判断正确了，才能选择正确的方法。我们作为一名学生，从小就要学会使用这一方法。在与同学产生分歧的时候需要广泛听取意见，不要听信于一人，这样才能把事情办好。

106
黄粱一梦

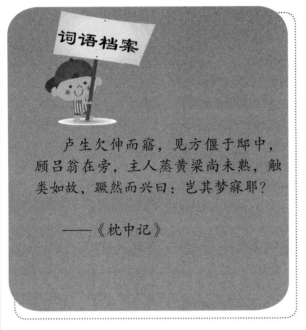

词语档案

卢生欠伸而寤，见方偃于邸中，顾吕翁在旁，主人蒸黄粱尚未熟，触类如故，蹶然而兴曰：岂其梦寐耶？

——《枕中记》

唐朝开元年间，有一个穷困潦倒的书生，在一家旅店里巧遇一位道士，两人相谈甚欢。

交谈了一阵后，书生感到疲倦，想休息一下，此时旅店的主人正在蒸煮着黄米饭。于是道士就拿了一个枕头给书生，说："你枕着这个枕头好好睡一觉，就可以如你所愿，得到荣华富贵了。"

睡梦中，书生梦到自己娶了一个崔氏大户人家的女儿为妻。仕途非常顺遂，不但考取了进士，还连连升迁，最后还当了十年位高权重的宰相，拥有许多良田、宅第、美女和马匹，享受着无尽的荣华富贵……此时，书生因为伸了个懒腰而醒了，发现自己睡在旅店中，而道士仍在身边，旅店主人的黄米饭还没有煮熟呢！他感到很惊讶，所看到的事物和真实的一样，就说："难道那些荣华富贵，都只是一场虚幻的梦境吗？"道士回答说："现在你应该知道，人一生所追求的，不过就是一场梦而已！"

后来这个故事被浓缩成"黄粱一梦"，用来比喻荣华富贵如梦似幻，终归泡影。

解　释：黄米饭尚未蒸熟，一场好梦已经醒了。原比喻人生虚幻。后比喻不能实现的梦想。

用　法：作主语、宾语、定语。

造　句：不要整天做黄粱美梦，要扎扎实实地做事。

近义词：黄粱美梦

反义词：如梦方醒

相似成语：南柯一梦、邯郸一梦、春梦一场

启示

　　书生在邯郸客栈黄粱一梦几十年，梦中娶妻生子，显赫门第，儿孙满堂，八十而卒。谁知一觉醒来，客栈锅中的黄米饭尚未煮熟，一切都成了虚幻。这一成语向我们揭示了这样一个道理：理想和现实之间有着巨大的差距。梦境是美好的，但总有醒来的那一天。所以，同学们应该扎扎实实地努力学习，不要学习书生总做黄粱美梦，渴望天上掉陷饼。

# 江郎才尽

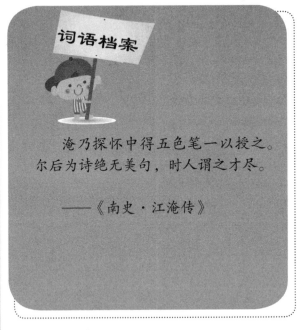

词语档案

淹乃探怀中得五色笔一以授之。尔后为诗绝无美句，时人谓之才尽。

——《南史·江淹传》

南朝的江淹年轻的时候，就成为了一个鼎鼎有名的文学家，他的诗和文章在当时获得了极高的评价。可是，当他年纪渐渐大了以后，他的文章不但没有以前写得好了，而且退步了不少。他的诗写得平淡无奇，而且提笔好久，依旧写不出一个字来，偶尔灵感来了，也是文句枯涩，内容平淡得一无可取。

于是就有人说，有一次江淹乘船停在禅灵寺的河边，梦见一个自称叫张景阳的人，向他讨还一匹绸缎，他就从怀中掏出几尺绸缎给他。因此，他的文章以后便不精彩了。又有人传说，有一次江淹睡午觉，梦见一个自称郭璞的人，走到他的身边，向他索笔，对他说："我有一支笔在你那儿已经很久了，现在应该还给我了吧！"江淹听了，就顺手从怀里取出一支五色笔还给他。据说从此以后，江淹就文思枯竭，再也写不出什么好的文章了。

解　释：江郎: 指南朝江淹。原指江淹少有文名, 晚年诗文无佳句。
比喻才情减退。

用　法：作谓语、定语、宾语。

造　句：由于仲永整天忙于表演, 荒废了学业, 现在已江郎才尽了。

近义词：黔驴技穷、江淹才尽、江郎才掩

反义词：出类拔萃、初露锋芒

谜　语：江郎才尽 ( 打一计算机用语 )

启　示

　　"江郎才尽"这个成语告诉我们满足于功成名就的现状和不思进取是最终导致江郎才尽的原因。我们只有不满足于现有的成就, 努力上进, 积极进取, 才会有更大的进步。同时也启示我们, 在学习上要不满足眼前的微小进步, 只有不断地鼓励和鞭策自己, 才能取得更大的进步。

答案：最新配置

## 108 望洋兴叹

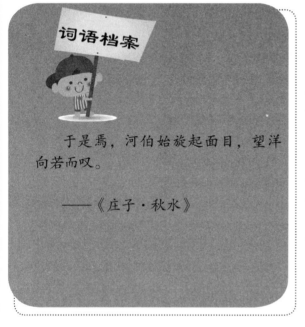

词语档案

于是焉，河伯始旋其面目，望洋向若而叹。

——《庄子·秋水》

很久以前，黄河里有一位河神，人们叫他河伯。河伯站在黄河岸上，望着滚滚的浪涛，无比自豪地说："世上哪条河能和黄河相比？我是最大的水神！"

有人告诉他："在黄河的东面有个地方叫北海，那才真叫大呢。"

河伯固执地说："我才不信呢，世界上竟有那么大的河？"

那人无可奈何地说："有机会你去看看吧。"

秋天到了，连日的暴雨使大大小小的河流都注入黄河，黄河的河面更加宽阔了，这一下，河伯更得意了，以为天下最壮观的景色都在自己这里，他在自得之余，想起了北海，于是决定去那里看看。

河伯顺流来到黄河的入海口，突然眼前一亮，只见北海汪洋一片，无边无涯，他呆呆地看了一会儿，深有感触地说："俗话说，只懂得一些道理就以为谁都比不上自己，这话说的就是我呀。今天要不是我亲眼见到这浩瀚无边的北海，我还以为黄河是天下无比呢！"

解　释：望洋：仰视的样子。仰望海神而兴叹。原指在伟大事物面前感叹自己的渺小，现多比喻做事时因力不胜任或没有条件而感到无可奈何。

用　法：偏正式；作谓语、宾语、定语。

造　句：看了大概情形之后，觉得真有点望洋兴叹了。

近义词：无能为力、无可奈何

反义词：妄自尊大

成语接龙：望洋兴叹 – 叹为观止 – 止谈风月 – 月白风清 – 清风峻节 – 节衣缩食

启　示

　　河伯看到了北海之后之所以会改变看法，是因为他知道了天外有天，山外有山。他看到人家的伟大，才感到自己的渺小。我们在现实生活中也应如此，不要孤芳自赏，认为自己懂得了一些道理就谁都比不上自己，如果这样，那自己永远也不会进步。

**109 夜郎自大**

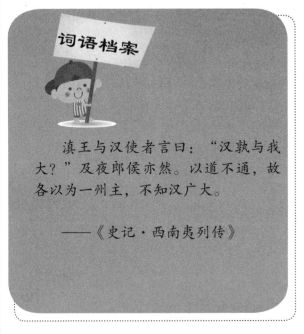

词语档案

滇王与汉使者言曰："汉孰与我大？"及夜郎侯亦然。以道不通，故各以为一州主，不知汉广大。

——《史记·西南夷列传》

汉朝的时候，有个叫夜郎的小国，它国土很小，百姓也很少，物产更是少得可怜。但是由于邻近地区只有夜郎这个国家最大，从没离开过国家的夜郎国国王就以为自己统治的国家是全天下最大的国家。

有一天，夜郎国国王与部下巡视国境时，指着前方问："这里哪个国家最大呀？"部下为了迎合国王，于是就说："当然是夜郎国最大！"走着走着，国王又抬起头来，望着前方的高山问："天底下还有比这座山更高的山吗？"部下们回答说："没有了。"后来，他们来到河边，国王又问："我认为这是世界上最长的河了。"部下们仍然异口同声地回答说："大王说得一点都没错。"从此以后，无知的国王就更相信夜郎是天底下最大的国家了。

有一次，汉朝派使者来到夜郎，途中先经过夜郎的邻国滇国，滇王问使者："汉朝和我的国家比起来哪个大？"使者一听吓了一跳，他没想到这个小国家，竟然无知地以为能与汉朝相比。然而，让使者更想不到的是，等他到了夜郎国，骄傲又无知的国王竟然不知天高地厚地也问使者："汉朝和我的国家哪个大？"

从此，就有夜郎自大一词形容那些见识浅薄、自大骄傲的人。

**解　　释**：夜郎：汉代西南地区的一个小国。比喻人无知而又狂妄自大。

**用　　法**：作谓语、定语。

**造　　句**：我们不要夜郎自大，要善于向别人学习先进的东西。

**近义词**：自高自大、妄自尊大、不可一世

**反义词**：谦虚谨慎、虚怀若谷、大智若愚

**谜　　语**：夜郎自大（打一节气名）

　　夜郎之所以妄自尊大，追本溯源是因为他的视野太狭窄。如果他能放眼看周围，放眼看世界，他就会了解自己的真实情况和所处的地位，也就不会妄自尊大了。这个成语对人类有很多启示。中国因为过去封闭而不了解世界，形成了妄自尊大、孤芳自赏的心理。随着我国国门的打开，我们看到了与世界发达国家的差距，我们只有奋起直追，才能不断地发展。

谜底：白露

# 110

## 此地无银三百两

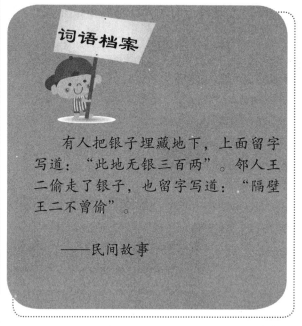

**词语档案**

有人把银子埋藏地下，上面留字写道："此地无银三百两"。邻人王二偷走了银子，也留字写道："隔壁王二不曾偷"。

——民间故事

从前有个人叫张三，他积攒了三百两银子，心里很高兴，同时也很苦恼，怕这么多钱被别人偷走，不知道存放在哪里才更安全。

他捧着银子，冥思苦想了半天，想来想去，最后终于想出了自认为最好的方法。张三趁黑夜，在自家房后的墙角下挖了一个坑，悄悄地把银子埋在里面。埋好后，害怕别人怀疑这里埋了银子。他又想了想，终于又想出了一个办法。他回到屋子里，在一张白纸上写上"此地无银三百两"七个大字。然后，出去贴在坑边的墙上。他感到这样很安全了，便回屋睡觉了。

张三一整天心神不定的样子，早已经被邻居王二注意到了，晚上又听到屋外有挖坑的声音，他感到十分奇怪。就在张三回屋睡觉时，王二去了屋后，借着月光，他看到墙上贴着纸条，写着：此地无银三百两。王二一切都明白了。他轻手轻脚地把银子挖出来后，再把坑填好。王二回到自己的家里，见到眼前白花花的银子高兴极了，但又害怕起来。他想，如果明天张三发现银子丢了，怀疑是我偷的怎么办？于是，他也灵机一动，自作聪明地拿起笔，在纸上写上到"隔壁王二不曾偷"七个大字，也贴在 坑边的墙上。

解　释：比喻想要隐瞒掩饰，结果反而暴露。

用　法：作主语、宾语、定语、分句。

造　句：你这么做不是此地无银三百两吗？

近义词：欲盖弥彰、不打自招

谜　语：此地无银三百两（打一保险词语）

人们根据这个民间故事，把"此地无银三百两，隔壁王二不曾偷"精炼成一个成语，用来比喻自作聪明，想要隐瞒、掩饰所干的事情，结果反而更加暴露明显的事实。这两个人的愚蠢举动是令人感到可笑的，这个故事告诉我们，做事情不要自作聪明，干蠢事。

谜底：投保无疑